AF355026

Alfred Brust

Jutt und Jula

e-artnow 2018

Elisabeth Bürstenbinder
Vineta

Rudolf Stratz
Herzblut

Georg Freiherr von Ompteda
Margret & Ossana

George Sand
Indiana

Daniel Defoe
Moll Flanders (Illustrierte Ausgabe)

Alfred Brust

Jutt und Jula

Geschichte einer jungen Liebe

e-artnow, 2018
Kontakt: info@e-artnow.org

ISBN 978-80-273-1163-7

Inhaltsverzeichnis

1

Es war an einer Haltestelle der Kleinbahn. Mit großem Geschnauf und Gestöhne arbeitete das unvorteilhafte Dampfroß ein paar niedrige Wagen heran. Unter Puff und Aufseufzen hielt es endlich. Und indes das kleine Ungetüm rasch Atem holte zu neuem Beginnen, entstieg dem letzten Wäglein ein ziemlich alter Mann, unbestimmbaren Aussehens, wenn man von dem weiten Mantel, der ihn umhüllte, und einem sehr großen Hut, der seinen Kopf bedeckte, absehen will. Auch trug der Reisende keinerlei Gepäck. Dafür hielt er in der Hand einen Stock, wie es einem solchen in abgelegenen Landschaften zu begegnen nicht jedermanns Sache ist.

An den von Regen und Staub und Ruß verwaschenen und verklebten Wagenfenstern, daran immer wieder vergeblich zu rütteln versucht wurde, erschienen verschiedene neugierige Köpfe männlichen und weiblichen Geschlechts, stellten mit ihren Mienen Erwartungen und Vermutungen über den langsam vorbeischreitenden Reisegast an und murmelten ihre Frühjahrsansichten hinter ihm her. Mit einem Ruck aber zog der kleine Bahnzug an, und all die Köpfe wankten heftig nach einer Seite und verschwanden hinter den Wagenwänden.

Kein Mensch ringsher . . . Aber der Fremde schien sich auch gar nicht darnach umtun zu wollen. Er zog sich mit gleichmäßigen tiefen Atemzügen die Lunge voll Luft und ging den Landweg hinab, der hier den Fahrdamm überquerte.

Es war ein heller Morgen im Frühling. Der frische Wind trug den herben Duft her von bestellten Äckern und den süßen Geruch grünen Laubes und erster Blütenkelche. Die Nordreise der Vögel ging breit und hurtig durch Busch und Gezweig. Irgendwoher kam das junge Wiehern eines Pferdes. Und aus der Ferne her stand noch immer das hartnäckige Bimbim der kleinen Bahn über Feld und Strauch. Aus den Triftgräben krochen die aufgedunsenen Frühjahrskörper der Frösche, und der Storch stand nach der ersten Sättigung teilnahmlos und auf einem Bein, döselnd und blinzelnd, daneben. Während die Sonne den schweren Tau der Gräser trank, hoben sich fern von den Weiden und Wiesen die Morgennebel auf und trugen sich flüchtig als Wolke weg.

Es wurde dem Wanderer fröhlich und warm zumut auf der einsamen Straße. Er entledigte sich seines langen Mantels und hing ihn sich an der Krücke des Stockes über die Schulter. Dann nahm er den Hut in die Hand und schwenkte ihn im frischeren Ausschreiten lächelnd hin und her.

Nun hätte man freilich wahrnehmen können, daß es sich hier um einen besonderen Menschen handeln mußte. Sein graues Haupthaar war locker und voll und aus der Stirn zurückgestrichen. Schmal, hoch und blaß war diese Stirn und von einer gläsernen Klarheit, so licht und rein, daß Menschen, die sie vielleicht in einer Menge gewahren, bei ihrem Anblick zuinnerst erschrecken, sich versehen zu haben glauben und im Gleichmaß ihres schlummernden Tages sich noch lange nachher aufgestört fühlen und des Nachts darauf womöglich beunruhigende Träume haben. Es gibt solche Stirnen. Und einmal oder zweimal oder dreimal begegnet man ihnen auch im Leben.

Und die Augen, die unter dieser Stirn lagen, warfen einen merkwürdigen Blick, einen Blick wissender Tiefe und ewiger Güte. In diesen Augen war alles auf Erden richtig, sie fanden nirgend Widerstand und durchdrangen die schweren Dinge. Sie schweiften nicht umher – hierhin und dorthin – sondern wurden von ihrem Träger gesandt, wohin er sie haben wollte. Zuweilen wurden sie kühl und hart, als sähen sie etwas unsichtbares Unerfreuliches; dann verschwamm der Blick ein wenig hinter einem Schleier, tauchte ins Innere und quoll sofort wieder mild, warm, gütig in das umherige Mitleben.

Um das Gesicht schloß sich ein Bart von jener Weichheit des Flaums, die nie ein Messer sah. Aber unter der schmalen Nase lag ein Mund, dessen Ausdruck gemischt war aus stiller Freude, großem Schmerz, unmittelbarer Geduld, gütigem Verstehen und gelassener Kraft. Unter diese Züge alle jedoch mischte sich ein Hauch von verzweifeltem Spott, der nur das Abbild einer grausigen Erkenntnis sein konnte und deshalb hier ein verborgenes, aber doch vorhandenes, immer gegenwärtiges Dasein führte.

Gewiß – man hatte es in diesem Manne zweifellos mit einem Geiste zu tun, der von den Härten des Daseins und von den unerbittlichen Fahrten seines Schicksals erprobt und geschliffen war. Die Erfahrungen und Begegnisse auf der Linie des Lebens waren für ihn Stufen zu einem reinen Menschentum geworden und hatten ihm ein Wissen von den Dingen des Seins und ihren großen Zusammenhängen gebracht, das in Schulen nicht gelernt, in Kirchen nicht gepredigt und aus Büchern nicht erlesen werden kann. Doch nicht Ergebung und Verzicht war ihm die Endsumme geworden, sondern tätiges Erkennen. Und aus diesem tätigen Erkennen heraus konnte er sich nicht den Menschen als Lehrer aufwerfen, indem er ihnen ihre Sünden vorhielt, für die sie nichts konnten, oder sie anregte dieses zu tun und jenes zu lassen, sondern indem er in jeder Sekunde seines Lebens sein eigenes Menschsein immer noch steigerte zu Gott hin und aus der Fülle seines wachsenden Erliebens aussandte Ströme der Erhebung und des ewigen Lichts, daß jede Kreatur und Wesenheit, die zu ihm Berührung fand, aufwachte, atemstill wurde, sich dem Licht entgegenhob und selige Bemühung suchte die gehabte Form zu verwandeln.

So auch jetzt. Diese Landschaft wurde unter dem segnenden Blick des Wanderers lebendig, lebendig in einer anderen Weise, als es für gewöhnlich der Fall ist. Gewiß blieben die Dinge und Wesen in ihren Daseinseigenschaften die gleichen, aber unter den Augen dieses Mannes lüftete Gott-Natur seinen Schleier und gewährte sich in der gewaltigen Musik seiner unendlichfachen Sinfonie. Da hatte jeder Grashalm, jede Ackerkrume, da hatte jede Mücke und jedes Blättchen seinen klaren Ton. Der Molch im Sumpf und unter den Wolken die ziehenden Kraniche, Wind, wiegender Zweig und aufgeworfene Scholle, arbeiteten mit ihrem vornehmsten Eifer am selben Musiksatz. Da hatte jedes Ding von Stern zu Staub die innigste Beziehung. Und Leidenlassen spielte die große Melodie genau so edel wie Leidenmüssen . . .

Es war schon gegen die Mittagsstunde, als der Wanderer die hohe Birkenreihe der Steinstraße erblickte und er es nicht hindern konnte und auch nicht hindern wollte, daß in seine Schritte eine leise Unruhe geriet. Die Gehöfte, Baumgruppen und Buschketten wurden ihm immer bekannter. Und in manch einen Vorübergehenden erkannte er einen Bauer wieder aus jenen fernen Tagen, die zu vergegenwärtigen er nun noch einmal hierher gekommen war. Und plötzlich tat sich dann die Landschaft auf und gestattete ihrem Heimgekehrten den lieblichsten Ausblick.

Der Wanderer lehnte sich erschüttert gegen einen Baum. Er schenkte sich für einige Minuten ganz seiner stürmenden Seele. Und das köstliche Bild des Heimat-Dorfes schwamm vor den feuchten Augen.

Schlank und hell wie ein Licht stand inmitten des Ortes der weiße Kirchturm, darum die roten Dächer der Häuser wie ein Kranz lagen und das reiche Frühlingsgrün uralter Bäume schirmend im Golde der Mittagssonne darüber und daneben stand. Die breite Steinstraße mit dem reichen Birkenbestand führte wie eine Allee schnurgerade mitten in das Dorf hinein. Langsam und mit seligsten Empfindungen schritt der Wanderer der Heimat entgegen. Hier stand fast jeder Baum noch und jedes Haus. Die Sträucher waren wohl größer geworden und ein paar Zäune gab es mehr. Sonst schien sich nichts verändert zu haben. Auch die alte eiserne Straßenwalze stand noch am Eingang des Dorfes. In diesem ihren hölzernen Steinkasten hatte er sich als Kind geschaukelt. Und auch die Brücke über den raschen Fluß hatte sich nicht verändert. Sie war noch immer aus Holz und schwarz und weiß angestrichen; bloß seltsam niedrig empfand er sie jetzt. Und das Flüßchen war ja nur so schmal, daß man leicht hinüberspringen konnte.

Und auch im Dorf schien alles kleiner geworden und enger aneinandergerückt. Ein paar Schritte nur, dann war er schon auf dem Kirchhof. Er brauchte nicht lange zu suchen. Dann fand er ein frisches Grab; es lag bei denjenigen seiner Vorfahren. Und die unter diesem frischgeworfenen Hügel gebettet war, das war Maria, die hier gelebt hatte, und die er hier in seinem Heimatdorfe nie gesehen hatte und nun auch nicht mehr sehen würde. Es war seltsam dieses zu denken.

Doch dann wälzte er diese müßigen Gedanken von sich. Denn Maria war ja immer bei ihm. Jetzt, wo sie »gestorben« war, umlebte sie ihn ja um vieles klarer als vordem. Er setzte sich in den Zustand ihrer Gegenwart und verließ mit innigem Lächeln die unfruchtbaren Hügel. Aber wie er vom Kirchgarten hinaustrat auf den Dorfanger, durchbebte ihn doch ein unüberwachter Schreck.

Er hatte es ja gewußt, aber eigentümlicherweise heute nicht daran gedacht. Nun er doch das Ungeheuerliche mit den Augen erlebte, ging ihm ein leiser Krampf übers Herz, und die Saite der Wehmut erzitterte in reinem Ton.

Dort drüben standen die Ruinen seines Elternhauses, darin er als Kind gelebt und gespielt. Es war in der Nacht nach Marias Tode abgebrannt. Die Flammen mußten es sehr schwer gehabt haben, den wuchtigen, zweihundert Jahre alten Bau zu bezwingen. Doch es war alles dahin, auch die Scheunen und Stallungen.

Und er ging über den Hof, der ihm zeitlebens als Sehnsucht vor der Erinnerung gestanden hatte. Hier lag noch der Steinhaufen, die Freude seiner Kindertage: der sehnsüchtige Traum, wenn er in der Stadt weilte, wo er zur Schule ging, in den kargen Ferien die frühe Morgensonne warm und heiter auf diese Steine brennen zu sehen. Ja – es war seltsam. Wenn er vor Heimweh geweint hatte, so geschah es nicht vor Heimweh nach Eltern und Gespielen, sondern nur allem vor Heimweh nach diesem armseligen Steinhaufen, wenn Morgensonne darauf lag.

Und jetzt trat er heran und strich mit leiser Hand freundlich und dankbar über die Quadern und Blöcke, die sich nun bald würden in einen Neubau einfügen lassen müssen.

»So sind wir alle einmal dran,« flüsterte er ihnen lächelnd zu. Er sah sich um, aber da war niemand, den er hätte fragen können. Den augenblicklichen Besitzer kannte er nicht . . . Wozu auch . . .

Er ging hinaus auf die Felder, die zu diesem Hause gehörten oder doch gehört hatten. Sie gingen in schmalem Streifen bis hinan zu jener Höhe, darauf die Ziegelei stand . . . Oh! es war hier alles noch so wie ehemals. Jeder Graben war geblieben. Und der Ahorn, den er hier gepflanzt, war ein stattlicher Baum worden. Auch das hölzerne Brückchen fand sich noch – und – o Wunder! – durch das Kleefeld zog sich auch heute der liebliche Fußpfad. Er wunderte sich über die Dauerhaftigkeit kleiner Dinge. O ja! es war nicht nur möglich, es war sogar wahrscheinlich, daß dieser kleine Steg schon seit Jahrtausenden von Menschen benutzt wurde. Und auf einmal sah der schmale silbergraue Strich in diesem fetten Klee sehr erfahren und geheimnisvoll aus. Und dann kam der Hohlweg, zu dessen Seiten noch immer die paar Erdbeerstauden wuchsen – hier mitten auf dem weiten Felde. Es waren nur etwa zwanzig Stauden. Und es waren nicht mehr geworden. Fünf Jahrzehnte standen sie – o nein! sie werden hier vielleicht auch schon fünfzig Jahrzehnte gestanden haben und noch unzählige Jahrzehnte stehen. Wie alt wird solch eine Pflanze, du kleiner Mensch?! –

Und plötzlich hob vom Dorf her, das so bekannt und traulich hinter ihm lag, die Glocke vom Kirchturm an das Mittagslied zu singen. Er faltete die Hände und lächelte selig in sich hinein. Auch er hatte als Kind dort oben im Turm gestanden und am Glockenseil gezogen, und war sehr stolz gewesen im Bewußtsein, daß diese seine kleine Arbeit so weit, weit im runden Land gehört wurde.

Jetzt aber zog es ihn hinüber zur Wassermühle, wo Maria ihre einsamen Tage beschlossen hatte. Er ging immer den Fluß entlang, der über den Kieselgrund hinweg sein klares Wasser eilig dahinstürzte. Und es war ein seltsamer Fluß mit eigentümlichen Fischen drin und sonstigen Wasserbewohnern, vor deren Rätselhaftigkeit gelehrte Leute mit ratlosen Gesichtern standen. – Und dann kam der Baum, der ein Storchnest trug. Der Storch darauf konnte wohl derselbe sein, der schon vor fünfzig Jahren hier gestanden. Denn das Rot seiner Beine und seines Schnabels war verwittert, und er trug einen riesiglangen Federbart am Halse. Und nun kam die Wassermühle, die Maria gekauft hatte, als sie vor zwanzig Jahren hierher geflüchtet war, – in seine Heimat geflüchtet, die ihre auf immer verlassend, und ihm das Versprechen abnehmend, sie nie in dieser seiner Heimat jemals zu besuchen.

Die Wassermühle war zerfallen, weil im nächsten Dorfe eine Dampfmühle gebaut war. Das Wohnhaus war in gutem Zustande. Dahinter lag der blanke Mühlenteich und roch nach Kalmus. An diesen Mühlenteich schloß sich mit tiefem Tal das Daubenwäldchen, ein kleiner dichter Laubwald, darin Maria, wie er wußte, ein kleines hölzernes Kapellchen errichtet hatte, um sich dort ungestört in der lieblichsten Einsamkeit ihrem Gottesdienst widmen zu können. Der Hof der Wassermühle stand verlassen da. Alle Türen waren abgeschlossen. Niemand öffnete, keine Antwort, kein Laut war zu hören. Nur vom Wehr drang durch die Mittagsstille das sanfte Rauschen eines Wasserfalls, der das zerbrochene Mühlrad nicht bewegte.

Er rastete an der Schleuse, aß ein Stück trockenen Brotes und trank dazu ein wenig von dem kalmushaltigen Wasser, das er sich in die hohle Hand rinnen ließ. So wollte er noch die Kapelle besuchen, durch die Kräuterfelder gehen und am Abend im Dorf beim Arzt oder Pfarrer sich nach einem Lebenszeichen erkundigen, das Maria für ihn zurückgelassen habe. Es mochte nun ein Brief oder eine mündliche Nachricht sein. Nur hoffte er seinen im Ort bekannten Namen nicht nennen zu brauchen, denn er galt als Verschollener, Verlorener, Verkommener, als ein am Rande des Lebens Gestrandeter, der es zu keiner geregelten Tätigkeit gebracht hatte, der wahrscheinlich seinen Beruf, oder seine Beschäftigung nicht einmal zu benennen vermochte. Und der Alte fand, daß die Leute im Grunde gar nicht so unrecht hatten, wenn sie dieser Ansicht waren. Irgendwie stimmte das alles. Bloß was sie in ein paar Sätze zusammenbrachten, war eine ganze Lebenskette, deren Schlußring ihnen verborgen bleiben mußte. Und das war schön. –

Er stieg hinan die sanfte Höhe zum Daubenwäldchen. Eine lichte Birkenpflanzung hatte die eigentliche Bodenerhebung bedeutend verdeckt. Von hier aus konnte man sehen, wie sich der Mühlenteich zärtlich um den Hügel legte und schließlich sich zum Flusse verjüngte, daraus er gebreitet.

Er hielt ein wenig inne und sah sich um. Da – plötzlich – gewahrte er nah bei sich neben einem schlanken Birkenstamm zwei junge Menschen sitzen, ein Jüngling und eine Jungfrau offenbar. Sie saßen eng beieinander und hielten sich in den Hüften umschlungen. Dann wandten sie einander die überseligen Gesichter zu und preßten ihre Lippen zu einem langen, langen Kuß.

Es war tiefstill. Ein zarter Hauch wehte zwischen den reinen Bäumen. Und die dünnen Birkenzweige verharrten mit ihrem jungen Laub bewegungslos wie in gebeugter Demut.

Und so lange, lange dauerte der Kuß. Und so rein, rein, rein schimmerten die seligen Gesichter. Sie schienen in der ganzen Landschaft um sie her aufgelöst zu ertrinken. Und es war doch die ganze Landschaft und noch viel, viel mehr, was in diesem Kusse zweier ungetrübter Menschenkinder schwamm und versank. Hier ging ein ungehemmtes Strahlen und Schenken ohne Ursache in den Raum und segnete mit seiner Überschwänglichkeit den ganzen Kreis der unsichtbaren und der sichtbaren Dinge und Geschöpfe. Die wieder dankten ihrerseits und bereiteten der Schöpfung eine feierliche Atempause. Die Vöglein saßen stumm auf den Zweigen. Busch und Baum zogen ihre Schatten ein, so daß nur Sonne war, weiße Sonne, in der die reinen Liebenden badeten ohne es zu wissen und zu wollen. Und der Wind hielt alle Geräusche auf, die aus der Ferne oder Nähe hätten stören können. Die Biene brummte nicht, und der Schmetterling nippte nicht vom Seim. Die Fischheere standen reglos im Gewässer. Und nur ein zarter Reigen, den die Liebenden nicht sahen – so klein war er – ging auf und ab vor ihren stillen Füßen . . .

Der Wanderer erschauerte unter der elementaren Wucht dieses gewaltigen Erlebnisses zuinnerst. Er dankte ganz heiß in sein Ich hinein für diese erhabenen Sekunden, die Gott ihm bereitet. Die Schächte seines Lebens taten sich auf und er stieg weit hinab. Weit – sehr, sehr weit. Und schmerzlich zuckte es in ihm auf: »Maria!«

War er noch immer nicht am Ende?

Aber Maria war ja da! war hier, um ihn her – und noch nie so unmittelbar bei ihm gewesen!

Und mit feierlichem Ernst schritt er in große Andacht versunken hinunter ins Tal, auf dessen einer Seite das winzige Kirchlein stand.

2

In der Provinzstadt gab es eine »Grüne Apotheke«. Sie lag genau an einer Straßenecke, so daß man von den hohen Fenstern des pharmazeutischen Geschäfts aus über den breiten Strom und weiterhin über saftige Wiesen sah, auf denen in diesem Frühling die ersten Rinderherden grasten. Und an den hohen Fenstern, deren grüne Vorhänge zurückgeschoben waren, stand dann auch der junge Apothekergehilfe und ließ seine Blicke hinausschweifen. Er war schon seit drei Wochen Tag und Nacht im Dienst und hatte während dieser Zeit auch noch nicht einmal die Räume verlassen. Denn der Apotheker war krank, und er war recht sparsam in bezug auf die Aushilfe.

Der Wunsch des jungen Mannes, dort hinauszulaufen in die Wiesen, war zur brennenden Leidenschaft geworden und verließ ihn auch nicht einen Augenblick, während er einem Jungen für zehn Pfennig Sennesblätter abwog.

Dann kam eine blasse Jungfrau mit einem Rezept:

Camphorae rasae 5,0 Extr. Opii aq. 1,0 Mucilag. gummi arab. q. suff. ut f. boli N. 20. Consp. pulo. Lycopod. S. abends beim Schlafengehen 2-3 Pillen für Frl. Abendgern.

Doktor Hecht.

Diese Ärzte! Anstatt den Leuten fertige Schlafmittel zu geben, machen sie einem diese Arbeit! Der Jüngling sah die kümmerliche Pflanze an.

»Wissen Sie was? – Machen Sie mal eine Stunde vor dem Schlafengehen zweitausend Meter Laufschritt, dort über die grünen Wiesen. Dann brauchen Sie keinen Arzt und keine Pillen aus der Grünen Apotheke. – Also – na – in einer halben Stunde ist die Sache fertig . . .«

Das Mädchen wurde rot vor Ärger und verschwand. Eine große, magere Arbeitsfrau trat ein – die Hand verbunden.

»Nun – zeigen Sie mal –« sagte der Gehilfe.

Sie folgte ihm rasch in den Nebenraum und löste die Binde.

»Fein,« sagte der Jüngling. »Jetzt hat sich über die ganze Handfläche eine neue dünne Haut gebildet, die Sie aber noch schonen müssen.«

»Aber ich muß doch waschen gehen!« jammerte die Frau. »Die Kinder – die Kinder . . .«

Der Jüngling zuckte die Schulter. »Sie müssen die Hand noch schonen, sonst wird es schlimmer als es war. Ich gebe Ihnen hier ein Puder und einen Gummihandschuh. Da pudern Sie die Hand tüchtig ein und ziehen den Handschuh drauf. Dann können Sie auch waschen. Aber vorsichtig – vorsichtig! Und nun sind wir fertig. Halten Sie aber gefälligst reinen Mund. Es darf kein Mensch wissen, daß ich Ihnen geholfen habe.«

»Nein, nein, junger Herr!« beteuerte die arme Frau. »Und – und wieviel soll ich Ihnen bezahlen?«

Da wurde der Jüngling rot vor Scham und versuchte diese Scham noch hinter einer geheuchelten Wut zu verbergen. »Wie!« rief er aus. »Was fällt Ihnen ein?! Machen Sie gefälligst, daß Sie fortkommen! – Ja – und wegen der Kinder, die gewiß hungrig sind: hier haben Sie drei Mark. Kaufen Sie ihnen Brot und Milch! Und nun halten Sie den Mund! Und jetzt raus hier!!«

Als er die Tür hinter der armen Frau zugedonnert hatte, blies er mit vollen Backen Luft aus und riß sich mit den Händen an den Haaren. Das war schrecklich gewesen. Zum gütigen Helfer war er nicht geeignet! Aber daß die Frau sich auch bedanken wollte! Dank annehmen zu müssen war gewiß das Schlimmste, das es gab. –

Und er rollte die Pillen, verkaufte dazwischen Kalkwasser und für fünf Pfennig Kaugummi. Einem laborierenden Dichter verabfolgte er eine Pipette und zehn Gramm Jod. Und er sah wieder hinaus über die Wiesen und blickte auf das drängende Laub der Bäume.

»Was hilft uns – ach – daß der Abend die Wipfel umspann – singend und tief mit dem Netz von Gold« – hatte er in der vorigen Nacht gelesen.

»Heut nacht muß es von allen Sternen rieseln,« hatte er auch heut nacht gelesen. »An blassen Fäden muß es niedergleiten, und alle Bäume schütteln schweren Tau ab!«

Das war schön. Das konnte ein junger Dichter schreiben – und ging hin und schoß sich einfach tot . . .

Ein Postbote trat ein, ließ die Tür offen, grüßte rasch, legte einen eiligen Brief auf den Tisch und war schon wieder hinaus.

Der Jüngling nahm den Brief und besah ihn. Ja – der war für ihn bestimmt. Und zwar stammte er von Tante Maria, die er – peinvoll schlug ihm das Gewissen – seit ein paar Jahren sehr vergessen hatte. Er legte den Brief noch ein wenig beiseite und rechnete das Rezept für Fräulein Abendgern aus. Und gerade kam auch ein Mädchen herein, um die Medizin abzuholen. Und das gnädige Fräulein fände es unerhört, was der Herr Provisor ihr geraten hätte. Und das gnädige Fräulein erwarte, daß der Herr Provisor sie heute abend zwischen sieben und acht am Stromweg um Verzeihung bitte.

Das Fräulein sei sehr blaß und zart, sagte der Jüngling. Es möge einstweilen noch mit den Pillen vorliebnehmen – liebevoll gedreht . . .

Dann berührte er wieder mit dem Zeigefinger den Brief. Es war seltsam, einen Brief zu bekommen. Er bekam keine Briefe. Und Tante Maria hatte er tatsächlich vergessen gehabt. Aber jetzt, wie ihm dieses zum Bewußtsein kam, empfand er, daß ihre Güte ihn wohl immer umfangen gehalten haben mußte. Sein Gefühl zu ihr war ihm warm und bekannt.

Sie hatte sich auch gar nicht mehr gemeldet gehabt in den letzten Jahren. Er war ihr wohl gleichgültig geworden, seitdem sie ihn versorgt wußte in einem Beruf, der ihn immerhin wenigstens zuweilen freute. Sonst war ihm eine Vorliebe zueigen für weite Spaziergänge bei Tag und Nacht und für sehr dicke Bücher – gleichgültig welchen Inhalts; sie mußten nur sehr dick sein, denn aus dem Umfang vermeinte der junge Mann den Ernst zu ersehen, den ein Verfasser seinem Stoff entgegenbringt. Auch die Bibel und der Koran waren dicke Bücher – und verschiedene andere auch. – Aber Tante Maria hielt wohl nichts von Büchern. »Dein eigenes Leben sei dein liebstes Buch,« hatte sie ihm geschrieben, als er gefirmelt wurde. Doch er verstand noch nicht darin zu blättern. Wer war er denn überhaupt? Verwandte besaß er nicht. Die Eltern waren so früh gestorben, daß er sich ihrer nicht zu erinnern vermochte. Tante Maria hatte ihn aus einer fremden Stadt hierhergebracht, hatte alles für ihn getan, was in den Kräften eines Menschen steht. Zwar hatte er sie nur selten in seinen Kinderjahren und noch weniger im vorgeschrittenen Alter gesehen. Aber es war ihm doch immer so, als sei sie in der Nähe. Und wenn es einmal etliche besonders schlimme Tage gab, war sie plötzlich dagewesen und hatte mit ihrer guten Hand die schwierigen Ereignisse getilgt. Doch seiner Frage nach seinen früheren Lebensumständen war sie streng ausgewichen. Sie hatte die Angelegenheit auf ein späteres Jahrzehnt verschoben. Und es schien da etwas Dunkles und Schweres in seiner Jugend obwaltet zu haben, was ihm Geheimnis war und fremd blieb. Er spürte deutlich einen dumpfen Druck aus fernigem Schicksal her. Auch hatte Taute Maria nicht gestattet, daß er sie auf ihrem Landsitz besuche. »Wir haben keine Lebensgemeinschaft,« hatte sie hart geäußert. Und da sie der einzige Mensch war, zu dem er sich hingezogen fühlte, vermied er schließlich alle Fragen, denn er fürchtete das Herbe und Strenge in diesem sonst so guten Gesicht . . . Einsam war er aufgewachsen; immer zwischen sehr alten, abgekämpften Leuten, die das Leben kannten, keinem Ding widersprachen, sondern es in seinem Rahmen zu verstehen wußten, und die dem Jungen immerdar jeden Willen ließen, weil er dadurch schneller an sein Ziel gelangen würde. Zu binden, zu beschneiden? sie hatten erlebt, daß das ein Irrtum war . . . Mit seinesgleichen war er deshalb nie zusammengekommen. Sein Umgang während der Schulzeit waren ein paar betagte Lehrer, die das verständige Kind gern auf ihre Studiengänge mitnahmen und ihm so alles lehrten was sie wußten. Und er begriff sehr gut.

Daß er Apotheker werden sollte, war der Tante Maria Herzenswunsch gewesen. Er hatte ihn erfüllt. Doch er mußte sich's gestehen: er hatte ein wenig heftig auf irgendeinen Dank ihrerseits gerechnet. Statt dessen hatte sie sich völlig von ihm zurückgezogen, einen Anwalt mit der pünktlichen Auszahlung einer Bekleidungs- und Beköstigungssumme beauftragt, die dieser in demselben Augenblick wort- und auskunftslos sperrte, als der Jüngling seinen allerersten, gerade ausreichenden Sold erhielt. So heftig vor den Kopf gestoßen, hatte er der Tante Maria einen bitteren Brief geschrieben, einen Brief, der von Tränen der Verlassenheit sprach – dem jungen Mann stieg bei solcher Erinnerung hohe Schamröte ins Gesicht – und dieser Brief war gar nicht beantwortet worden. Große Einsamkeiten, nur unterbrochen von kleinen Reisen und langen Wanderungen, verhüllten Vergangenes durch Vorhänge. Alles Neue, das sich herandrängte, überschätzte sich selbst und war in kurzer Zeit abgetaner als Vorheriges. Darüber hinaus tat er den furchtbaren Blick in die kranke und bresthafte Menschheit. Und es gab Zeiten, in denen er vor Daseinsekel nur noch in Gummihandschuhen arbeitete. Er begriff dann nicht, wie Menschen, diese Wurm- und Madenbehälter, einander überhaupt berühren konnten, sich gegenseitig die Hände schüttelten oder gar gespenstisch auf Mund und Backen küßten. Er mußte sich in solchen Wochen anstrengen ja nicht zuviel zu sehen, denn dann begann sich alles Gegenständliche in den Formen zu verändern. Die Köpfe wurden unerhört dick und die Gesichter grimassenhaft. Aus jedem Schriftzeichen, aus jedem Strich und allen Punkten auf Papier, an Wänden oder draußen in der Natur setzten sich sonderbare Fratzen zusammen, die ihn drohend angrinsten. Alles was Raum war um ihn her, schien ihm dann angefüllt mit lebendigen Wesen, die nicht sichtbar waren, aber durch vielerlei Eindrücke dem aufgelösten Blick sich aufdrängten, um so wenigstens vorüberhuschend wahrnehmbar zu werden.

Nur langsam löste sich jeweils dieser Zustand; meistens nach einem heftigen, kindlichen Weinen, weit draußen sehr einsam in den Wiesen, hingeworfen an die duldsame Brust unserer Mutter Erde . . .

Und unter bitterm Lächeln riß er mit herbem Ruck den Umschlag auf und las:

»Mein lieber Jutt!

Du wirst so gut sein und sofort auf mein Besitztum kommen. Noch an demselben Tage, an dem Du diesen Brief bekommst, sollst Du reisen oder gehen. Denn es ist eilig. Deine Base Jula wird Dich erwarten. Jula und Dich habe ich zu meinen Erben eingesetzt, doch nur dann, wenn ihr die Wirtschaft gemeinsam versorgt und sie nicht vor Deinem dreißigsten Lebensjahr verkauft wird. Andernfalls wirst Du mit einem Zehntel abgefunden. Und Jula behält dann den Hof.

Leb' wohl! Mach alles gut, wie bisher! Bleibe rein, wie Du bist! Halte Leib und Seele stets fest in Deiner Hand! Verbirg Dich! – Übrigens: wenn Du den Brief erhältst, bin ich natürlich schon tot.

Maria.«

Das war unerwartet. Aber das war groß. – Ganz benommen schloß er die Tür ab und ging wie in schwerem Traum die Treppe hinan. Sie war tot. Und er sollte hier fort. Noch heute. Und eine Base Jula gab es, die er sehen und sprechen würde. Und auf dem Lande sollte er arbeiten . . . Halte Leib und Seele stets fest in der Hand! Und verbirg dich! . . . Das war wirklich groß und nicht erwartet.

Der Apotheker bekam bei der Eröffnung, daß Jutt noch am selben Tage das Geschäft verlassen würde, einen lähmenden Schreck, nach dessen Lösung ihm jedoch die Rheumabeine so gelenkig wurden wie seit Wochen nicht mehr. Er sprang auf, versuchte hin und her zu laufen. Und es ging. Es ging! Er wollte es selbst kaum glauben.

»Eine Blutstauung. Weiter nichts,« rief der junge Mann wegwerfend. »Ich hatte es Doktor Hecht gleich gesagt. Aber der behandelt alle Krankheiten auf Gonitis und schwört auf Wasserglasverbände.«

Mit kummervollem Antlitz beruhigte sich der Apotheker, als er hörte, es herrsche gerade Gesundheitspest, und es sei im Laden ebensowenig zu tun wie hier im Krankenzimmer.

Und noch in derselben Stunde brachte Jutt die notwendigsten Pakete auf die Post und ordnete das Übrige zur Nachsendung. Denn er konnte es sich nicht entgehen lassen, seinen neuen

Wohnort in Fußmärschen aufzusuchen, um sich auf diese Weise gleichsam in die neue Umgebung einzuleben und als schon Vertrauter an seiner neuen Wirkungsstätte zu erscheinen. Zehn Meilen waren es nur bis dorthin. Und wenn er heute nacht durchging, hatte er morgen abend die jammervolle Eisenbahn schon eingeholt.

Als er, die Stadt im Rücken, den Stromweg hinabschritt, kam ihm mit aufgeregter Röte Fräulein Abendgern entgegen.

»Oh – ich wußte doch, daß Sie kommen würden, Sie unhöflicher Mensch,« rief sie ihn mit lieblichen Blicken an.

»Sie irren,« sagte Jutt förmlich. »Denn ich *gehe* nämlich. Fragen Sie nur Ihren Doktor Hecht, was zwischen Kommen und Gehen für ein Unterschied ist.«

»Weshalb sind Sie so ungehobelt,« rief sie aus und stampfte mit dem Fuße. Der kleine Ärger schon trieb ihr Tränen in die übrigens sehr schönen Augen.

Jutt empfand ein süßes Mitleid, trat näher und sagte leise, indem er ihre Hand faßte: »Nicht böse sein. Ich gehe wirklich für immer fort von hier. Wie schwach Sie doch sind. Da kullert wirklich eine Träne . . .«

Und er dachte daran, indem das Mädchen kleine, dumme Sachen sagte, daß er in dieser Stadt eigentlich keinen Menschen habe, dem es leid tun würde, wie er jetzt den Ort verließ. Und wenn es wenigstens diesem Mädchen leid täte, so mußte das für ihn ein angenehmes Gefühl sein.

Und da sie gerade etwas Sanftes, Einschmeichelndes sagte, das ihm leise übers Herz strich, fragte er mit flüsternder Stimme dicht an ihrem kleinen Ohr: »Und haben Sie auch schon geküßt?«

»Aber ja doch,« jauchzte sie leise und lachte hell.

Er trat einen Schritt beiseite und sah zu Boden.

»Wie schade das doch ist,« sprach er langsam und sprach es nüchtern. »Ich habe im ganzen Leben noch nie einen Menschen geküßt. Und bin wohl auch von keinem geküßt worden. Vielleicht von meinen Eltern. Aber vielleicht auch nicht. Die Menschen sind jetzt so sehr leichtfertig mit dieser großen Gunst. Leben Sie wohl . . . Und es ist schade . . . Ich will mich sauber halten . . . Denn ich hätte es sonst jetzt bestimmt getan . . .«

Und er ging rasch davon – innerlich irgendwie hungrig geworden.

Es war ein trauriger Abend . . .

3

Jula betrat zum ersten Male nach dem Tode der Tante Maria die weiten, luftigen Räume der Wassermühle. Der herbe Duft getrockneter Teekräuter schlug ihr entgegen, die hier zu kleinen Bündeln sortiert an Schnürlein unter den langen Balken und Stangen hingen. Es waren jedoch nur noch die Reste einer ehemals großen Ernte, deren Lieferung eine der bedeutenden pharmazeutischen Fabriken, welche ihren Bedarf an Heilkräutern nur von dieser »Wassermühle« bezogen, dringend angemahnt hatte.

Zunächst kletterte Jula nach der Dachluke des mehrstöckigen Gebäudes empor. Das war sommers und winters ihr liebster Ausblick gewesen. Jetzt hatte sie ihn mehrere Wochen meiden gemußt, aber in den letzten Tagen war ihr Wunsch immer heftiger geworden, und nun hatte sich durch den neuerlichen Brief der Fabrik willkommene Gelegenheit geboten. Denn Jula hatte auf sich gescholten, daß sie so kurze Zeit nach Tante Marias Heimgange derartig äußeren Wünschlein anhing; um so mehr sich gescholten, als sie auch nicht eine Träne über diesen großen Tod vergossen hatte. Ja – sie war eigentlich freier und freudiger geworden und mußte immer an sich halten, daß sie im Überschwang ihrer jungen Seele nicht einen jubelnden Hymnus an den betörenden Frühling anstimmte. Das wäre ja wohl im Sinne der Tante gewesen, aber die Vielzahl der Menschen begriff solches nicht und lastete mit den starren Gesetzen leidend in den Heimaträumen.

Das Mädchen stieg die Treppe hinan. Es war ein wenig kahl in den Stockwerken, doch sie sollten wieder gefüllt werden. Ganz unter dem Dach, wo es im Sommer glühte, lagen die getrockneten Wurzeln, und hier roch es besonders scharf von den hohen, luftigen Fächern her.

Dann erklomm sie die schlanke Leiter zur Dachluke, stieß das Fenster im Grat auf und lehnte den Oberkörper weit hinaus. Sie atmete auf. Braun hatte am letzten Male das Land ringsher gelegen. Und heute lachte ein frisches Grün zu ihr empor. Dort hinten lag das Kirchdorf, mit der breiten Allee von alten Linden vor dem Pfarrwesen. Sie dachte besonders an jene Linde, deren Stamm mit eisernen Ringen zusammengehalten wurde, und in deren Krone ein Tisch mit vier Bänken stand. Es ging die Sage: Ein heidnischer Fürst habe sie vor vielen Jahrhunderten aus dem Boden gerissen, sie mit der Krone in die Erde gepflanzt und gelobt, er würde sich zum Christengott bekennen, wenn der Baum wachsen sollte. Und der Baum hatte gegrünt und aus dem Kreis seiner Kronenwurzel neue kleine Stämme emporgetrieben, die jetzt die weitausladenden baumstarken Äste wie treue Helfer mit neuer Kraft und neuem Grünen trugen . . .

Aber zu Füßen sah Jula das eigene Besitztum, das Wehr, den Mühlenteich, aus dessen blauem Wasser an den Ufern die ersten Kalmusspitzen tauchten, sah die sauberen Vierecke der Kräuterfelder sich hinziehen und entfernter das Daubenwäldchen mit dem jungen Birkenhain auf der Anhöhe, den Tante Maria hatte anlegen lassen.

Diese Kräuterpflanzung war der Tante Werk gewesen in den Jahren ihrer großen Einsamkeit. Mühselig war sie Schritt für Schritt vorwärtsgegangen, unermüdlich, große Fehlschläge überwindend, war dem Verlangen berühmter Forscher und den Weisungen verlachter Schäfer und Frauen gefolgt, um wenigstens auf diese Weise den bresthaften Leibern der armen Menschen in der Welt eine Linderung zu schaffen. Es hatte lange Zeit gedauert bis die großen, anerkannten Arzneibereiter auf ihr Werk der Stille aufmerksam wurden, bis sie sich überzeugten, daß in diesen Kräutern nur seltene und zufällig beobachtete Kräfte vorhanden waren, die der Arzneikunde in sehr gedrängter Form ganz neue Möglichkeiten entgegentrugen. Nur sehr langsam war es dieser Wissenschaft aufgegangen, wie mit Arzneien, die aus Kräutern solcher Konzentrierung gewonnen wurden, nie geahnte Wunderkuren möglich waren und erfolgten, deren aus den mittelalterlichen Zeiten viele unglaubwürdig überliefert wurden. So war es gekommen, daß diese teuer aufgezogenen Pflanzen einen gewaltigen und geheimgehaltenen Ruf bekamen, daß sich große Staatswesen um deren Besitz bemühten und ihre Essenz in die fernen Länder und Völker trugen.

Jula blickte hinab auf die Pflanzungen. Das alles hatte Tante Maria ihr übergeben, hatte ihr die geheimen Kräfte einer jeden Staude gewiesen, ihr die unterschiedlichen Merkmale und

Äußerungen verraten. Dort gab es Gundelrebe, Benediktskraut und Ehrenpreis, dort Huflattich, Schafgarbe und Salbei; hier wuchs Johanniskraut und Lavendel, da Tormentille, Zinnkraut und der übelduftende Lipstock. Auf den Rainen drängte sich silbergrau der bittere Wermut, und daneben, in zarten Reihen, krochen die Stauden von Gesellenschuh und Fingerhut ans Sonnenlicht. Und endlich schloß sich die Kette, derjenigen Gewächse verschwiegenen Namens an, deren Wurzeln oder Blüten so unmittelbar tödlich waren, daß auch der gewiegteste Arzt keine Ursache festzustellen imstande war. Diese gefährlichen Kräuter wuchsen ganz groß und ganz offen. Und sie waren durchaus diejenigen der wirksamsten Heilungen, wenn man sie mit dem Zutraun des Wissenden genoß. Es bedeutete für Jula jedesmal einen schauernden Reiz daran vorüberzugehen – im Wissen um Heilung und größte Gefahr – und Menschen daran nichtsahnend vorbeischreiten zu sehen, wie im Schlaf oder träumend die kostbaren Blüten mit den unbeherrschten Fingern streifend . . .

Dann verpackte Jula in großen, sauberen Pappschachteln den erhaltenen Auftrag, spannte das kleine muntere Pferdchen vor den Wagen und brachte die Pakete nach dem Dorf auf das Postamt, welches ein biederer Schneidermeister verwaltete, dem Tante Maria viel geholfen hatte. Denn zu seiner Sauberkeit und Tauglichkeit war er, wie die meisten Menschen, erst durch entschiedene Bedrohungen durch das Schicksal gekommen. Eines Tages hatte er ein Bein gebrochen, das abgenommen werden mußte. Tante Maria bezahlte die Unkosten und das Holzbein. Doch auch dieses Holzbein hielt ihn keineswegs ab, die Gastwirtschaften der näheren und weiterer Umgebung aufzusuchen, bis eines Abends, als seine Frau die Unruhe vor einer neuen heranbrechenden Ausschweifungsperiode bemerkte, sie kurz entschlossen das abgeschnallte Holzbein hoch auf den Schrank gelegt hatte. Der Schneider hatte sich schlafend gestellt und nichts davon gemerkt. Er wollte seine Frau erst im Schlummer wissen und dann den Ausflug unternehmen. Und als er sie im Schlummer wähnte, griff er nach seinem Bein. Und als er es schließlich auf dem Schranke sah, wo er es auf *einem* Bein nie erreichen konnte, kam eine gefährliche Lebensverzweiflung über ihn. Er griff sich einen Riemen und kroch auf den Händen hinaus. Erst nach einer Weile schlich die Frau ihm nach. Und sie fand ihn erhängt am untersten Ast des Ahorns. Sie schnitt ihn ab, erweckte ihn und gab ihm sein Bein wieder. Die Scham, die damals über ihn gekommen war, machte ihn zum geraden, vernünftigen Manne, dem Tante Maria dann die Verwaltung der Poststelle verschaffte . . .

Jula nahm einige Sendungen für die »Pflanzung Wassermühle« entgegen und stand dann ein Weilchen neben der Brücke und sah hinaus auf die Steinstraße. Sie war neugierig auf diesen Vetter Jutt, von dem die Tante immer nur sehr sparsam gesprochen hatte. Ihr Köpfchen malte ihn sich in allen möglichen Vorstellungen und Eigenschaften aus. Und schließlich bekam ihr Wunschbild festere Umrisse; zugleich aber überzog sie eine unangenehme Furcht, dieser Vetter könne ganz anders und unausstehlich aussehen.

Wenn sie an ihr Wunschbild dachte, ersehnte sie heftig die Ankunft des jungen Mannes, der ihr Hilfe für die Pflanzung sein sollte. Doch so sie daran dachte, daß wohl nur sehr selten auf der Erde etwas so aussieht, wie man es sich vorstellt, flüchtete sie in den äußersten Winkel des Hauses oder lief hinab zur Kapelle, wo sie ein Gebet verrichtete. Und auch jetzt sprang sie in das Wäglein und fuhr in scharfem Trab über das holperige Pflaster davon, als säße ihr der greuliche Vetter Jutt schon im Rücken. Aber an der Friedhofspforte hielt sie doch an, sah noch einmal vorsichtig rückwärts und ging dann zu der Tante Grab. Ganz leise, leise für sich und nur für die Verstorbenen ringsher, die sie ohnedies im Geiste hörten, sang sie der Tante Lieblingslied:

>»Liebe, die du mich zum Bilde
>   deiner Gottheit hast gemacht;
>Liebe, die du mich so milde
>   nach dem Fall hast wiederbracht:
>Liebe, dir ergeb ich mich,
>   dein zu bleiben ewiglich.«

Aber da – jetzt – es war erschütternd – eben wie sie den zweiten Vers beginnen wollte – in dem nämlichen Augenblicke – begann in der Kirche die Orgel zu erklingen, und leise, wie mit nur einer Hand gespielt, ertönte dasselbe Lied, das Jula eben für sich und die Heimgegangene gesungen hatte. Freilich, der Herr Kantor hielt da Unterricht ab, wie sie an ein paar verspäteten Schülern feststellte. Aber doch glaubte das Mädchen, daß Tante Maria dieses Zusammentreffen zustande gebracht hatte.

Und Jula sang weiter, leichteren Gemüts, indessen sich ihre Augen mit Tränen der Seligkeit füllten:

>»Liebe, die mich hat gebunden
>an ihr Joch mit Leib und Sinn;
>Liebe, die mich überwunden
>und mein Herze hat dahin;
>Liebe, die mich ewig liebet,
>die für meine Seele bitt't;
>Liebe, die das Lösgeld gibet
>und mich kräftiglich vertritt;
>Liebe, die mich wird erwecken
>aus dem Grab der Sterblichkeit;
>Liebe, die mich wird umstecken
>mit dem Laub der Herrlichkeit:
>Liebe, dir ergeb ich mich,
>dein zu bleiben ewiglich.«

Befreit und stark verließ Jula das Grabfeld. Erquickt vom Trank der ewigen Liebe, bekleidet mit dem Panzer des Glaubens und gedeckt vom Schilde der Wahrheit. Und so lenkte sie das Rößlein heimwärts.

Aber ihr fiel es ein, heute nicht den üblichen Weg durch das Dorf zu fahren, sondern den anderen weiteren Weg, den zur Zeit der Aust nur die Heuwagen benutzen. Er war weniger staubig und besser instand gehalten, wenn er auch an der Stelle, wo er den Fluß schnitt, keine Brücke hatte, so daß hier die Fuhrwerke, da die Ufer hochgelegen waren, einen sanften Hohlweg hinab, ein ganzes Stück das flache Strombett entlang und dann wieder einen kurzen Hohlweg hinauffahren mußten. Die Pferde blieben immer ein Weilchen in dem reißenden Wasser stehen, kühlten Beine und Nüstern und zogen dann wieder munterer an.

Jula lächelte verschmitzt, als sie vor sich auf dem Wege einen Wanderer sah, der vermutlich ahnungslos der Furt entgegeneilte. Sie fuhr ganz langsam, um zu sehen, wie der Fremde die feuchte Bescherung auffassen werde. Der aber schien zum Erstaunen, Kopfschütteln, Umherirren und Auswegsuchen nicht geschaffen zu sein, sondern stellte mit einem halben Blick die Tatsache fest, warf sein Bündel vom Rücken, setzte sich nieder und ging sofort daran sich des Schuhwerks zu entledigen. Jula fuhr gerade vorbei, ganz dicht. Doch der Mann hob nicht einmal den Kopf. Vielleicht war er taub. Man mußte ihn wohl anrufen.

»Steigen Sie doch lieber in den Wagen,« sagte sie ziemlich laut.

Jetzt hob der junge Mann, denn ein solcher war es, allerdings sehr verwundert das Gesicht.

»Aber natürlich!« rief er, warf seine Habe in den Kasten und stieg zum Sitz hinauf.

»Guten Tag!« grüßte er still.

»Vor zehn Jahren, wenn man durch das ganze Land ging, brauchte man seine Füße wenig. Immer traf man einen Bauern, der einzusteigen nötigte. Doch seit Jahren ist mir das nicht mehr passiert. Deshalb sehe ich ein Fuhrwerk niemals an, wenn es vorbeifährt. Den Landleuten ist ihre eigene Unfreundlichkeit peinlich. Und ich enthebe sie dann lieber der Peinlichkeit, an der ich – hm! na! – ja eigentlich schuld bin.«

Der Wanderer schwieg ein Weilchen.

»Das muß ein furchtbar alter Weg sein,« sagte er dann. »Da – unter dem Geröll der Kiesel ist – spaßig! – das Wasser gepflastert!« Er lachte leis.

»Das wußte ich noch nicht,« entfuhr es Jula. Und sie bückte sich hinaus und fand tatsächlich an der einen Stelle, die der rasche Fluß freigelegt, ein Pflaster von schweren Quadern.

»Das ist immer so,« gab der Fremde zur Antwort. »Die Eingeborenen wissen nichts von den Lebenswerten ihrer Landschaft oder wissen es doch nicht zu schätzen. Sie haben für den Reiz ihrer Felder und Häuser einen Blick wie die Kuh für den grünen Klee.«

Donnerwetter, ist das ein Patron! dachte Jula. Dabei sieht er so vornehm und edel aus! Kurz – sie hatte einen solchen Menschen noch nicht gesehen. Seine Kleidung war so einfach und angenehm. Er hielt einen sauberen und doch auf sein Gesicht eingetragenen Hut in der Hand. Und diese Hand hatte etwas Gütiges, Helfendes an sich. Ja – der Ortspfarrer hatte beinah solche Hände. Sein Mund war etwas voll und schwer, aber die Augen blickten mild und blau unter der gewölbten Stirn mit den buschigen Brauen, die über der Nasenwurzel zusammengewachsen waren und dem Blick eine gewisse Schwermut gaben. An den Ohren war nichts auszusetzen. Sie schimmerten ein wenig weiß unter dem widerspenstigen zurückgestrichenen Haar. Das Gesicht war offen und hatte nichts zu verbergen. Und den Hals schmückte zum Glück auch kein Adamsapfel.

Sie waren auf die andere Flußseite gekommen, und Jula fühlte sich plötzlich von einem seltsamen Empfinden bewegt. Sie fürchtete auf einmal, der Fremde könne aufstehen und zu Fuß seinen Weg fortsetzen. Wie ein Blitz durchzuckte es sie, daß sie dann schrecklich allein sein würde, daß sie dann irgendwie würde weinen müssen. Aber warum denn? Warum denn?? schrie sie nach innen . . . Und dann dachte sie an den Vetter Jutt und wurde von einer wahnsinnigen Angst erfaßt, er könne womöglich schon zu Hause warten. Das Bild eines gemeinen, zänkischen Menschen trat ihr vor Augen. Sie versuchte auch an ihr Wunschbild zu denken. Aber es wollte ihr nicht gelingen. Das war verblaßt, ausgelöscht und nur ein besseres Gespenst gewesen.

Was jedoch war in ihr Inneres eingetreten? Sie vermochte nichts zu entdecken. Es war ihr, als hätte sie etwas verloren, so sehr verloren, daß sie sich fürchtete; aber diese Furcht war auf irgendeine Weise beseligend, wenn sie auch beklemmend auf der Brust lag.

Gewiß, neben ihr saß ein Mann. Und sie hatte so dicht noch nie an einem Manne gesessen. Und sie fühlte, daß dieser Mann sicher und zielbewußt war. Er sah ihr beim Sprechen so offen in das Gesicht, wie es nur noch Tante Maria gekonnt hatte. Andere Menschen sahen immer vorbei oder zu Boden als schämten sie sich wie verschlagene Hunde. Und dann hatte dieser Mensch so treue Hände. Sie erschauerte, wenn ihr Blick diese Hände streifte – und er tat es immer wieder; sie konnte es nicht verhindern. Sie war eine Waise. Vielleicht, daß Väter solche Hände hatten, wenn die Augen ihrer Kinder darauf ruhten.

Und dann kam ihr wieder der entsetzliche Vetter in den unruhigen Sinn. Sie malte sich einen ungeschlachten Kerl aus, der den Wagen, wenn er auf den Hof der Wassermühle führe, mit höhnischem Grinsen empfangen würde.

Von den gegensätzlichsten Gedanken wie ein Spielball hin und her geschleudert, drohte sie von ohnmächtiger Schwäche überrannt zu werden. Sie hielt die Zügel krampfhaft in den Händen, preßte die Lippen aufeinander und bohrte die Augen ganz steif vor sich hin auf den Weg. Und doch schien ihr plötzlich veränderter Zustand dem Fremden nicht zu entgehen.

»Ich möchte jetzt lieber zu Fuß weiterwandern,« sagte er und bat sie damit anzuhalten. »Es könnte Ihnen unlieb sein, wenn Sie Bekannte träfen. Und – verzeihen Sie das mit der Kuh im Klee. Ich war zeitlebens einsam und verstehe mich nicht auf Konversation.«

»Aber nein doch – gar nicht – durchaus nicht,« sagte sie und ihre Lippen zitterten sehr. »Bleiben Sie doch sitzen.«

»Danke . . .« sprach er warm und ernst und neigte kaum merklich den Oberkörper.

Jula atmete auf. Eine Last war ihr von der Brust gefallen, wenigstens für einige Minuten. Sie atmete freier und gewahrte dabei unversehens einen eigentümlichen Geruch, der von dem jungen Gott neben ihr ausging. Es war so ein Gemisch von Ambra, Amara, Aloe und Teufelsdreck, das anziehen und abstoßen konnte zugleich.

Und als ob er wissen konnte, daß sie an Gerüche dachte, sprach er leise: »Ich liebe den Geruch von Pferden. Sie sind ganz edle Geschöpfe. Und ich bleibe auf der Straße stehen, umarme sie und drücke mein Gesicht an ihre Nüstern. Und sie wissen das und wiehern mir nach, wenn ich gehe.«

»Roßmist ist eine geheime Medizin,« sagte er nach einer Weile. »Und auch der Stein der Weisen wird darin gebrannt.«

Und da sie nichts darauf sagte, nur still und ein wenig verscheucht zuhörte, fragte er, um der Fahrt doch irgendwie ein Ende zu bereiten: »Ist es überhaupt der rechte Weg nach der Pflanzung Wassermühle?«

Da sah er, wie die Jungfrau von einem heißen Schreck durchbebt wurde, sah wie ihr die Zügel aus den verkrampften Händen glitten, sah die junge Brust sich unter raschen Atemstößen heben und senken, sah ein verklärtes Angesicht und ahnte das verzückte Blut durch die lieblichen Adern stürmen. Ein zartes Schaumflöckchen über den aufgeregten Wogen des menschlichen Meeres.

Und das Pferd stand still.

Und sie war aufgesprungen. Und auch er hatte sich erhoben und sah mit trunkener Bestürzung auf dies durchseelte Geschehen.

Und sie warf die Arme auseinander, und mit einer Stimme, die aus den Tiefen allen Seins zu kommen schien und der auf Erden nichts zu widerstehen vermochte, rief sie den Namen:

»Jutt!!«

»Jula,« bebte es hoch und warm aus ihm.

Die Arme schlossen sich.

Er küßte sie fromm.

Sie ihn voll Andacht und Innigkeit.

Das Pferdchen sah sich um und wieherte ganz leise daher.

4

Jutt erwachte nach einem tiefen traumlosen Schlaf. Er fuhr im Bette hoch. Die Nachtglocke hatte geläutet, und er mußte hinaus eine Arznei zu bereiten. Aber er fühlte sich sehr verwirrt, tastete nach dem Lichtknopf und griff und griff immerdar ins Leere. Dann fühlte er nach der anderen Seite. Und da war tatsächlich die Wand. Hatte er sich denn verkehrt ins Bett gelegt?! Und das Fenster war überhaupt nicht zu sehen; oder war er blind geworden? Und draußen wartete ein Mensch mit einem Zettel in der Hand!

Er stieg also heraus aus dem Bett, bückte sich nach den Hausschuhen und stieß mit dem Kopf gegen einen harten Gegenstand. Als er danach faßte, bekam er Zündhölzer zwischen die Finger. Mit einem gewaltigen Aufatmen spürte er den Alb von seiner Brust weichen. Er entzündete die Kerze und ließ sich mit jauchzendem Seufzer zurücksinken auf das Lager.

Er war ja bei Jula, in Tante Marias Hause! Und das war gestern der größte Tag seines bisherigen Lebens gewesen. Diese liebliche Jungfrau! Und sie schlägt so langsam die Augen auf. Und wenn sie spricht, möchte man die Hände falten und leise beten, sie möge noch lange, lange sprechen und immer von Zeit zu Zeit wieder so langsam die Augenlider senken und heben.

Die Nacht war still. Das leise Rauschen des Wehrs stand beruhigend in der Finsternis. Hier war nichts, was den Menschen von sich selbst ablenken konnte. Immer aufs neue, wenn Gedanken schweifen wollten, wurden sie zurückgedrängt und hatten zu gehorchen. Das war Jutt schon gestern aufgefallen. Alles, was hinter ihm lag, schien ausgelöscht. Und er empfand ganz deutlich, daß nun alles Unwesentliche vorüber sein müsse und nur Wesentliches von Hirn und Händen getan werden dürfe – obschon er eigentlich nicht sagen konnte, was Wesentliches im Grunde sei. Unwesentlich war es jedenfalls einem vierjährigen Rotznäschen, das für zehn Pfennig Pfefferminze verlangte, gehorchen zu müssen, und auch sonst den meistens närrischen Ansinnen fremder Menschen mit großer Aufmerksamkeit folglich zu sein. Das alles würde vorüber sein. Er würde die Leitung dieser Pflanzung übernehmen, die so sehr nach seinem Sinne war. Hier stand ein Mann in seinen besten Kräften. Jubelnd wird er sie an diese Arbeit spannen. Wie so viel unbenutzter Boden lag um die Pflanzung her! Oh – das sollte sich dehnen und wachsen. Das große Brausen der neuen Zeit sollte auch diese schlummernden Schollen aufjauchzen lassen. Sie sollten eingeordnet werden in den tätigen Rhythmus der Allgemeinheit. Jutt reckte die Arme. Ausdehnung brauchte er jetzt. Ausdehnung! Und hier hatte ihm die verschwiegene Tante den Boden bereitet.

Liebliche Jungfrau! Und sie schlägt so langsam die Augen auf. Und um die zarten Mundwinkel steht so ein ganz verborgener Zug, um derentwillen man immer geradzu hineinküssen möchte in dieses herrliche Angesicht. Wie betörend war der Reiz ihrer geschwungenen Schenkel und Unterarme. Einzeln betrachtet war an ihrem duftenden Körper alles ein wenig zu klein, alles ein wenig zu zart. Aber alles zusammengefügt zum reinen Bau war einmalig und vollkommen. Ein großes Werk, in dem die Natur sich selber liebte.

Jutt sprang auf. Er ärgerte sich über einen heißen Wunsch, der ihm aufkam. Er wäre jetzt so gern bei Jula gewesen, hätte so gern ihr Köpfchen in seinen Arm gehalten, ihr die Stirn geküßt und das Haar gestreichelt und ihr so tief, tief in die Augen gesehen, um sich darinnen ganz aufzulösen. Sie aber schlief da irgendwo in den vielen Zimmern, dachte gewiß auch an ihn, dachte an ihn vor Freude, daß er ein annehmbarer Mensch und kein ausgesprochener Rüpel gewesen.

Er trat in die Zimmerecke und steckte den Kopf in das Waschfaß. Die rasche Abkühlung tat gut, zumal er Wasser in die Nase gesogen hatte. Es wich das Brennen der heißen Augen. Seine Sinne wurden klarer. Er öffnete die eichene Fensterlade und erschrak. Denn der Tag stand schon auf. Bleigrau lag der Spiegel des Mühlenteiches, darauf ein paar Graugänse langsam auf und nieder ruderten. Und dann hörte er durch das geöffnete Fenster die Kibitze rufen. Die erste Lerche stieg, um die Sonne ein wenig früher zu sehen. Und vom Daubenwäldchen flog ein Volk Krähen auf, kreiste mehrmals über den Baumgipfeln, um dann plötzlich ins Weite abzustoßen . . .

Da – Jutt trat überrascht vom Fenster zurück – kam Jula gegangen! Sie hatte ein weißes Kleid an und eine große weiße Schleife im Haar. Es sah so feierlich aus, wie sie schritt, als ginge sie am Pfingstfest zur Kirche. Ein starker, gütiger Ernst lag auf ihrem Gesicht. Es mußte wohl etwas Besonderes sein, was sie vor hatte.

Eine dumme Idee fiel über Jutt. Womöglich wollte sie in den Mühlenteich gehen! Sie schämte sich vielleicht des Kusses von gestern vormittag! Er warf sich rasch den Rock über und stand bereit zum Fenster hinauszuspringen.

Doch auf einer kleinen Bodenerhebung blieb Jula stehen. Ihr Blick ging langsam die Grenze der Pflanzung entlang, machte jeden Winkel, jede Biegung mit, und selbst dort, wo Jutt keine Anpflanzung mehr wähnte, zog sie mit genauem Auge die Linie weiter, bis sie wieder zurück zum Ausgang kam.

Die Jungfrau hielt die Hände gefaltet. Ihr Gesicht sah ernst und demütig über die Felder hin. Leise bewegte sie die Lippen. Es war gewiß: sie betete. Und sie betete lange. Und von Minute zu Minute schien sie tiefer in das Gebet zu kommen. Immer inniger und freudiger erbebten ihre Züge. Und in der Wucht, mit der sie ihre große Sammlung einem Gotte entgegenreichte, begann ihr Körper zu zittern; und es war, als ob die Luft rings um sie her ebenfalls in Bebung käme. Über Jutt ging eine hohe Herzwallung hin. Er hielt die geschlossenen Hände vor die Brust gepreßt. Seine Zähne schlugen ganz leise gegeneinander. Und ihm war so eigenmütig, als müsse er gleich vor Schönheit weinen.

Da – warf die Sonne ihren ersten Strahl empor.

Da – sank die Jungfrau auf die Knie, und sie neigte den Scheitel dreimal – und Jutt empfand, daß sie gesegnet wurde.

Dann beugte sie sich ganz zur Erde nieder, sie dreimal fromm und dankbar mit den Lippen küssend.

Und jetzt erhob sie sich und reckte ihre Hände segnend über das Gefild. So stand sie eine kleine Weile, um dann rückwärts vom Hügel abzutreten. Und nun erst wandte sie sich und schritt so langsam und sinnend davon wie sie gekommen war.

Jutt stand, vom Frührot übergossen, durchströmt von den hehren Schauern geheimnisvollen Erlebens. Alles war schön, aber alles war rätselhaft und verschlossen. Und er wußte den Schlüssel nicht, aufzuschließen und einzutreten in dieses All, von dem er in der Stadt an bresthaften Menschen gesehen hatte, wie es in mehrerlei Sprachen sich Aus- und Eindruck verschaffte. Jenes Erleben aber war immer trübe gewesen und hatte das Erkennen des Weges zum Abgrund geoffenbart. Dieses Erleben jedoch war erhebend und dazu angetan, aus den niederen Irrsalen hinauszuführen zu einem reineren Dasein auf Erden. Sein Blick war aufgerissen und starrte hinaus in den Morgen. Doch er nahm nichts wahr von den Gegenständen und Dingen, die vor ihm ausgebreitet lagen. Jutt sah nur Jula, die Jula von gestern und die Jula von heute. Und da schienen zwei verschiedene Jula zu sein. Oder es war doch *eine* Jula, die er von zwei verschiedenen Seiten sah! Vor der einen Jula kniete sein Körper, und vor der anderen Jula kniete andächtig seine Seele. In Körper und Seele fühlte er sich als der Geringere. Ja – er war der Geringere, aber – er hatte Knochen und Muskeln. Und er hatte die Kraft und den Geist aus diesem nach außen hin Abgegrenzten ein unbegrenztes Allgemeines zu machen . . .

Als Jutt später auf den Hof trat, sah er Jula gerade in der Stalltür stehen. Sie errötete sehr und trat schnell in das Innere zurück. Am Hofeingang aber zeigte sich ein Knabe mit einer großen blauen Milchkanne, die er angeschleppt brachte. Kaum aber wurde er des fremden Mannes ansichtig, als er mit einem Stoß die Kanne klirrend auf den Boden setzte und mit allen Anzeichen des Erschreckens den Fahrweg wieder hinablief.

Jutt fühlte sich plötzlich fremd und wurde kalt eingeschüchtert. Es war unsagbar schön hier; aber über dem Hof- und Feldraum lag ein seltsames Weben gebreitet, das ihn nur niederzwang, und von dem er empfand, daß er nicht Teil daran hatte.

Langsam ging er auf den Stall zu, darin Jula verschwunden war. Aber als er ihn betrat, fand er darin nur das Pferdchen in seinem Verschlage. Und wie er sich unschlüssig umblickte und wieder hinaussah auf den Hof, hatte er gerade noch Zeit wahrzunehmen, wie Jula mit der Milchkanne rasch in das Haus schlüpfte.

Peinlich berührt ging er zum Teich hinunter und warf sich bei einem niedrigen Gebüsch ins Gras, als zu gleicher Zeit jemand auf der anderen Seite des Busches aufsprang und davonlief.

Was die hier alle wegrannten! dachte Jutt, stand auf und sah einen Jungen, der das Weite suchte, und sich immerwährend wie nach einem Verfolger umsah. Jutt ging um den Busch herum und suchte im Grase. Da fand er eine von einem Stein beschwerte Angelschnur, an der aus dem Wasser heftig gezogen wurde. Zoll für Zoll gab der schwere Stein langsam nach. Und Jutt ergriff die Schnur und begann vorsichtig zu ziehen. Das mußte ein wackerer Bursche sein, der da am andern Ende das gleiche tat. Dem davongelaufenen Jungen mag vor seinem eigenen Fang bange geworden sein. Jetzt hatte Jutt den Fisch schon dicht am Ufer. Er entsann sich, daß dies der heikle Moment im Anglerwesen sei. Und sogleich begann das Geschöpf um sich zu schlagen, und Jutt sah, daß es ein Riese seiner Gattung war. Er ließ die Schnur lockerer, um dem Gefangenen Spielraum zu geben, und hatte Erfolg damit. Diese Beunruhigung des Fisches nutzte er aber aus und zog ihn mit einem starken Ruck beider Arme weit aufs Land und lief dann, den peitschenden Fang hinter sich ziehend ein Stückchen ins Feld. Es war ein Hecht, von etwa fünfzehn Pfund. Seine Farbe war dunkelgrün vor Alter. Und Jutt stellte sich im Geiste die Heere der Fische vor, die in diesen Räuber hineinspaziert waren und dachte an die unzählige Räuberbrut, der er Leben gegeben hatte.

Jutt näherte sich vorsichtig dem verzweifelten Wesen, packte es mit raschem Griff dicht unter den Kiemendeckeln, öffnete sie und entriß ihnen schnell die Brücke des Lebens. Mit der Angel aber zog er ihm die Geweide heraus. Er war mit sich zufrieden. Dieser Tod war der schnellste und leichteste, den solch ein Fisch haben konnte.

Mit einem lächelnden Stolz, den schweren Fisch in der rechten Hand, trat er in das Haus. An der Küchentür klopfte er vorsichtig. Auf ein leises Ja öffnete er und stand verwundert vor Jula, die ihn und den Hecht vollständig verdonnert anstarrte.

»Das – das gibt doch eine gute Mahlzeit,« sagte er und sagte es fassungslos.

»Ich – habe – habe – keinen Platz dafür in der Küche,« antwortete Jula. Sie fand sich zurecht, sah ein Weilchen zu Boden, hob ihre langsamen Wimpern: »Ich – und auch Tante Maria – haben nie so etwas gegessen. Wir lassen die Fische aus dem Teich den armen Menschen mit den vielen Kindern.«

»So?!« fragte Jutt. »Das hab ich natürlich nicht gewußt. Das mußt du mir ausführlich erzählen. Aber der Bengel, der von der Angel ausrückte, wäre mit dem Fisch auch niemals fertig geworden.«

»Er wird wohl draußen herumstreifen,« sagte Jula. »Wir wollen ihm nur das Seine wiedergeben.«

Sie ließ den jungen Mann vorausgehen und schüttelte sich insgeheim vor dem Fischgeruch. Und seine guten Hände waren ganz rot von Blut. Auf dem Hofe hatte sie sofort den Knaben entdeckt, rief ihn bei Namen, und Jutt händigte den schweren Fisch mit stillem Bedauern aus. Der Junge band den Hecht an eine Schnur, nahm diese über die Schulter und treidelte fröhlich, die Beute schleifend, die staubige Straße hinab.

»Der Kleine hat zehn Geschwister. Die Mutter starb. Der Vater ist ein Trinker. Das ist schwer,« sagte Jula.

»So lange hauen, bis er nicht mehr trinkt,« stieß Jutt hervor.

»Das hieße die verlorene Ordnung der Welt *von außen* wieder zu richten! Das wäre Unverstand. Auch dieser Mensch wird sich freisündigen. Bis dahin wollen wir ihn als Mitmenschen achten, ihm als Leidenden helfen und ihn als Schwachen stärken. Und immer werden wir ihn so behandeln, daß er sich nie zu schämen braucht.«

Jula schwieg ganz kurz. Jutt fühlte sich tief gebeugt. Wußte die Jungfrau nicht, wie sehr sie *ihn* beschämte?

Aber da tat sie den Mund auf und sagte ganz leise und schlicht: »So hat es Tante Maria immer gesagt. Und weil sie tot ist, wird sie gewiß recht haben . . . Das Frühstück ist fertig.«

Sie ging voran ins Haus und ins Speisezimmer. Der Tisch war sauber gedeckt. Und es stand Butter, Brot, Quark und Milch darauf.

So wie gestern blieb Jula wieder unschlüssig vor der Mahlzeit stehen. Jetzt aber sah sie ihren Vetter an und sagte: »Von nun an, bitte, sprich du doch immer das Gebet.«

Mit einer neuen Scham, und mit der heißesten seines bisherigen Lebens, sah Jutt sich vor dieser unvermuteten Würde. Er hatte noch nie vor dem Essen gebetet. Es wäre auch gar nicht angegangen. Er war dunkelrot geworden im Gesicht, legte aber der wartenden Jula gegenüber die Hände ineinander. Dann öffnete er die Lippen, ohne sprechen zu können, denn es fiel ihm nichts ein. Aber wie er auf das zarte Tischtuch sah, auf das duftende Brot und in seinen Därmen einen großen Hunger verspürte, kam ihm ein Dankgefühl ein. Er vergegenwärtigte sich seinen Zustand und rang sich die Worte aus der Kehle, zitternd, ungewiß und doch voll Überzeugung:

»Der Gott ist gnädig. Seine Güte ist ewig. Alles danken wir ihm!«

Sie begannen schweigend zu essen. Es schien keinem von beiden zu munden.

»Ihr habt niemals Fische gegessen?« fragte Jutt.

»Nein – Fleisch essen wir lieber nicht,« antwortete Jula. »Das alles macht soviel Arbeit. Tante Maria war nicht für solche Küchenbeschäftigung. Lieber gingen wir in die Pflanzung oder in den Wald und dachten an Gott, die Welt, die Menschen und ihre Seelen.«

»Doch auch das Essen ist wichtig,« wendete Jutt ein.

»Ich denke, wir speisen einfach und mit Andacht,« meinte Jula.

»Sehr gern,« pflichtete der Vetter bei. Und er wurde warm. Und sie freute sich darüber.

»Ich sah kürzlich in der Stadt ein großes Essen,« erzählte Jutt. »Da gab es zwölf verschiedene Gerichte hintereinander. Es waren lauter schwierige Sachen. Da war keine Andacht möglich, denn es war eine heiße Schlacht gegen die anmarschierenden Schüsseln. Nur wenige fette Menschen siegten, schweißgenetzt. Die meisten gaben den Kampf schon in der Mitte auf, und viele mußten mit bleichen Gesichtern schnell aufstehen und hinauslaufen. Und alle hatten bezahlt und strebten soviel wie möglich hineinzuzwängen.«

Jula lachte. Sie aßen sich fröhlich satt. Dann gingen sie ins Freie.

»Hier standest du heut früh und hast gebetet,« sagte Jutt.

Jula ward nicht verlegen und antwortete schlicht: »Ja . . . Ich tue es jetzt jeden Morgen. Früher tat es Tante Maria.«

»Wenn du's mich lehren wirst, will ich auch dieses Gebet fortan tun.«

Aber Jula verneinte ernst und sagte, sie habe gelernt, daß das Segnen der Fluren Aufgabe des Weibes sei. Nimmer sollte der Mann die Felder segnen. Er sei Arbeit und Werk, Segen an sich, kann niemals »gesegnet« sein. Er, Segen, ist da um zu erlösen. Nur das Weib könne Segen empfangen und Segen zur Erde weitergeben, als die Mittlerin zwischen Himmel und Erde.

Jutt empfand es anders. Schwieg aber. Denn der Tag war still und glücklich geworden.

5

Zu Mittag aßen sie Kartoffeln, geschlagene Eier, frische Salatspitzen mit Rahm und saure Milch. Jula war ein wenig besorgt, ob das dem männlichen Körper genügen würde. Aber sie brauchte gar nicht zu fragen, sondern Jutt sprach ganz von selbst; von seinen großen Sommerwanderungen vergangener Jahre, als er seine Bedürfnislosigkeit so gesteigert hatte, daß er mit einem trockenen Stück Brot und ein wenig Wasser wochenlang die glückseligen Tage der Einsamkeit durchkostet habe. »Ein reines Herz und ein gesundes Gemüt ziehen aus einer Brotrinde vielmal mehr Lebenskraft als der geriebenste Schlemmer aus dem saftigsten Saubraten,« sagte er.

Es fiel Jutt auf, daß Jula im zunehmenden Tage immer unruhiger wurde. Er fragte sie und bat sie, doch stets alles auszusprechen, was dazu angetan sei Unruhe ins Herz zu bringen. Er wollte es auch immer so halten, denn nichts sei ihm unwürdiger als ein Gefühl in der Brust, als habe er etwas versäumt, verfehlt und sich ohne Wollen und Wissen schuldig gemacht.

Jula pflichtete ihm gern bei, meinte aber, sie müsse vorerst alle Aufträge Tante Marias nach bestem Können ausführen. Und da Tante Maria zeitlebens sehr pünktlich gewesen sei und auch für die erste Zeit nach ihrem Tode Jula einige Weisungen gegeben habe, die mit besonderer Genauigkeit ausgeführt werden müßten, so bliebe ihr vorerst nichts übrig als zu schweigen und nach dem Willen der Verstorbenen sorgfältig zu verfahren. Dazu gehöre auch vor allem, daß sie um die Mittagszeit eines jeden Tages zur Kapelle im Daubenwäldchen gehe. Und da sei sie eben gestern und heute noch nicht gewesen.

Jutt wollte sofort aufbrechen. Und Jula war einverstanden. Sie erzählte ihm von dem Marienkapellchen im Tale, von dem er noch nichts wußte, und daß es ein Ort eigenartiger Andacht sei. Die Tante hatte ihr selber erzählt, daß sie die Stelle, darauf das Häuschen erbaut ist, lange gesucht habe. Es stand auf einer großen viereckigen Anlage aus gewaltigen Steinen, die in den heidnischen Zeiten ein Opferaltar gewesen sei. Und zwei große Steinschalen aus Granit habe man auch bei den Bauarbeiten gefunden. Darin hatte das ewige Bernsteinfeuer gebrannt, und heute standen sie zur Seiten der Eingangspforte des Gotteshäuschens.

Und in diesem ganzen Wäldchen, der ein heiliger Hain gewesen sei, wuchsen die Bäume, Sträucher und Blumen alle ganz gerade und ohne jeden Makel. Und ein Gefühl der Demut und Ehrfurcht überkam Jula immer, wenn sie über die geweihten Pfade dieses Haines ging. Tante Maria hatte gesagt, daß die sogenannten heidnischen Priester sehr fromme Männer gewesen sein müßten und die Seelen der Bäume und Büsche und Pflanzen so hoch hinauf geläutert hätten, daß jene alten Kräfte auch heute noch hier lebendig und wirksam seien. In lieblichen Mondnächten sei die Tante oftmals draußen gewesen und habe nachher erzählt von den Reigen der Elfen, die sie gesehen und von den sanften Tönen der Faune, die eine Musik gespielt.

Jutt ging schweigend neben Jula her und hörte ihr andächtig zu. Er erinnerte sich dabei eines Märchenbuches, das er in früher Kindheit gelesen. Er wußte jetzt nicht mehr, was in dem Buche gestanden hatte, aber ihn durchwallte nun dasselbe Gefühl wie damals, als er über den bedruckten, zerlesenen Blättern geweint hatte. Es war durch ihn ein so unmittelbares Empfinden von Wahrhaftigkeit geströmt und hatte sein Herz zum Aufblühen gebracht, daß die Sehnsucht nach diesen verborgenen Dingen schon genügte, sie ihm ganz nah und erlebniswahr in den Sinn zu bringen. Und er fühlte heute deutlich, daß zwischen der Lesung jenes Buches und dem Erleben dieser Stunde ein enger Zusammenhang bestand, der von den Wesenheiten um ihn her, die ihn begleiteten, gewußt war und erweitert wurde.

Sie gingen langsam nebeneinander durch den lachenden Mittag. Und zuweilen streifte einer den anderen mit raschem, forschendem Blick. Sie wußten diese gegenseitigen Blicke und hüteten sich sorgsam dieselben begegnen zu lassen. Aber beide hatten sie jetzt wieder mit Hochgewinn das liebliche Glück in der Brust, daß sie einander gestern beim ersten Gefühl nicht enttäuscht hatten. Freilich lag irgend etwas Drückendes zwischen ihnen, von dem Jula empfand, daß es doch nicht der unterlassene Gang nach dem Kapellchen sei. Und Jutt suchte vergebens den Keim seiner unfreien Stimmung zu finden. Er ging alle Sätze durch, die sie miteinander gesprochen hatten, berührte ihr gegenüber Bedenkliches noch einmal, um zu erkennen, daß alles dies nicht Ursache seines Gedrücktseins war.

Da – am Rande des Birkenwäldchens – blieb er stehen. Die innere Unruhe war über ihn hinausgetreten und drohte sich wie eine dunkle Wolke über ihn und Jula zu legen. Das durfte nicht sein. Er faßte rasch ihre Hand. Sie erschrak.

»Hilf mir, Jula,« rief er aus. »Ich weiß nicht, wie mir so sonderbar ist!«

Sie zitterte sehr und drückte seine Hand wieder.

»Wir – wir müssen ganz fest zusammenhalten. Denn mir ist ängstlich zumute. Ich – habe eine – ganz große – große – Angst auf einmal. Und ich kann gar nicht atmen, so drückt das hier!« Und Jula preßte die andere Hand gegen die Brust.

Als Jutt das liebe Mädchen unversehens so verstört und flatternd sich gegenüber sah, verflog die Wolke des Unmuts. Er rief sich das Bewußtsein seiner ständigen Pflichterfüllung und seines aufrichtigen Lebenswandels ins Gedächtnis. Nein! Er brauchte nichts zu fürchten zwischen Himmel und Erde. Beide Hände Julas in den seinen haltend, sah er ihr tief in die Augen. Und zum ersten Male im Leben ging ihm auf, wie so ohne Ende tief solch ein menschlicher Blick war. Iris und Pupille waren ein jäher Schacht, auf dessen Grund hinunterzustoßen kaum möglich war. Unendlich schien diese Fahrt des Blickes zu sein. Mit seligen Klammern hielt es ihn fest und zog und zog mit immer leidenschaftlicherer Geschwindigkeit bis zum Bewußtloswerden hinab.

Alles, alles in dich hinein. Alles, alles dir, nur dir! dachte er immerzu.

Und sie war groß, war weit im Innern; sie entfaltete sich wie eine gewaltige, unirdische Blume aus Jenseits und nahm den Trunkenen ganz in sich auf, sich bis zum Rande füllend mit dem Strahl seiner göttlichen Seele.

»Ich liebe dich!« brach es aus ihm hervor und seine Augen tropften.

»Ich *habe* dich lieb!« antwortete sie – nun beseligt, beseelt.

Arm in Arm gingen sie weiter; ab und zu blieben sie stehen; dann sahen sie einander wieder in den Blick hinab, ganz tief, tief, bis ihnen schwindlig wurde. Und sie sprachen nicht. Sie fühlten, was jeder von ihnen dachte, fühlten jede Frage, die sich ihnen im Geiste formte und antworteten einander auf dieselbe leichte, edle Weise.

Unter einer sehr ranken Birke ließen sie sich nieder. Die liebliche Gestalt des Mädchens zerfloß in der Umarmung des jungen Mannes. Leise und innig preßte er den ersten Kuß der Liebe in das betörende, aufgelöste Gesicht. Und wieder versank er in diesem Blick, hielt sich fest in ihm und stammelte aufweinend: »Du! Du!! Du!!!«

Und plötzlich überkam es ihn, daß ihm doch dieser Blick irgendwie bekannt sei. Er sah ihr übers ganze Gesicht, das süß und verklärt schimmerte. Und da gewahrte er, nicht mit den äußeren Augen, sondern mit einem inneren Gefühl, daß er tief in sich dieses Gesicht, dieses Mädchen, dieses ganze Erleben gewußt hatte. Aber der Blick, dieser Blick der seligen Augen war ihm so nahe bekannt, daß er ihn glaubte greifen zu können. Und er war doch nicht zu greifen; denn wie er hinabstieg in seine Erinnerung, mußte er weite Wege durcheilen, Wege, die immer länger, schwieriger, steiniger wurden, aufhörten, von neuem begannen und schließlich in die Unendlichkeit mündeten.

Konnte das sein? Hatten sie sich vor einer Ewigkeit im Jenseits, im Unerschaffenen, wo sie Eines waren, getrennt? Hatte der weibliche Teil dieses »Eines« das Ursein verlassen und war auf die Erde gegangen, den großen, dornigen Weg der Seele durch alle Lebewesen und Pflanzen und Tiere zu gehen? Und hatte sich nun dieser sein weiblicher Teil durch unnennbare Gezeiten hin soweit emporgelitten, daß er reif war menschliches Weibwesen zu werden, dem ahnungsvoll aus dem zeitlosen Warten und Rufen von der Ewigkeit her der männliche Teil jenes früheren Eines jetzt rettend entgegengestürzt!?! »Adam erkannte sein Weib Eva, die ein Stück von ihm war,« hieß es in der heiligen Sage. Und mit frommen Schauern erlebte er für sich bewußt das große Geheimnis der vollkommenen Menschwerdung von Mann und Weib . . .

Jula hatte sich lang in das junge Grün geworfen. Ihr hellrotes Kleid blühte wie eine große Blume in der Landschaft, die durch die milchweißen Birkenstämme eine sichtige Klarheit erreichte. Das Haar des Mädchens war an den Ohren zu Schnecken gerollt. Das Näschen nahm sich jetzt ein wenig spitzer aus. Auch senkte sie nicht mehr so langsam die Augenlider, sondern sah starr ins Weite und blinkte, wenn sie es mußte, ganz rasch, um so schnell wie möglich wieder hinauszustarren, wo ein Schwimmen und Wiegen und Wogen war. Sie empfand sich ganz erfüllt, mochte nichts denken, nur immer fühlen, fühlen wie so voll sie war, und wie dieser ganze unendlich reiche Inhalt, den sie nun barg, aus diesem schönen Jüngling in sie geströmt war, und daß er ein Gott sein mußte, da er solches vermochte. Ihr Gott war er ganz bestimmt, denn Tante Maria hatte oftmals gesagt, es gäbe sehr wohl Menschen auf der Erde, die man getrost als Gott ansprechen dürfe! Und das sei um vieles besser, als sich einen Opapa-Gott hinter den ziehenden Wolken vorzustellen, der immer nur ein böses Trugbild sei. Wie anders war auf einmal die ganze Welt geworden! Zum ersten Male im Leben hörte sie die Vögel singen — kam es ihr vor. Zwar sie hatten wohl immer gesungen die ganzen Jahre und im Frühling sicher besonders. Aber so war Windweise und Vogellied noch niemals in Jula erklungen wie jetzt. Und alles Weben und Raunen ringsher hatte auf einmal in ihres Herzens Grunde erhabene Resonanz. Und ein Veilchen sah sie plötzlich. Das schlug gerade die Augen auf mitten im Grase unter der Biegung ihres Armes. Wie schwesterlich es blüht, dachte Jula und beugte sich und küßte die luftige, duftige Blüte.

Als die Sonne schon weit im Nachmittag war, erinnerten sie sich erst ihrer Verpflichtung. Sie standen rasch auf und begaben sich auf den Weg ins Daubenwäldchen. Die Feierlichkeit des ersten Erlebens war leise gewichen und hatte einer herzensfrohen Stimmung Platz gemacht, der sie sich mit heiterem Gemüt hingaben. Sie spielten greifen, und es ließ sich der eine vom andern ach so gerne fangen. Und so erschallte der heilige Hain von freiem Lachen, und der milde Ernst der ragenden Bäume bekam einen Schimmer zärtlicher Zuneigung.

Sie blieben beide vor der Kapelle überrascht stehen. Es war so schnell gegangen. Und Jula wußte nicht gleich, was sie beginnen sollte. Denn sie hatte eine kleine Hemmung unter den Augen des Geliebten ihr Gebet zu verrichten. Jutt sah sehr verwundert auf dieses rätselhafte Gebäude, das sich in die Arme einer Gruppe uralter Linden und Eichen traulich hineingelegt zu haben schien. Die unteren Äste der Baumriesen hatten sich wie ein gewaltiger Schirm über das Dach des Häuschens gelegt. Und die Sonne traf hier im Tal jetzt gerade die Wipfel wie ein glühender Kuß.

Der Jüngling fühlte, wie seine Geliebte ein wenig verlegen wurde. Und dieser ganz geringe Augenblick Verlegenheit, der über das Mädchen eine leichte Röte geworfen hatte, löste in Jutt eine Empfindung aus, der er mit einer unwiderstehlichen Aufwallung ganz schnell alles zum Opfer hinwarf, was ihm teuer und heilig war. Er spürte noch, wie seine Augen starr wurden und brannten. Und mit diesen seinen brennenden Augen entkleidete er die Braut. Er hatte die Hände in den Rocktaschen zu Fäusten gekrampft, und seine Zähne knirschten hörbar aneinander. Alles herab und herunter! dachte er nur, und die Schämige nackt stehen zu sehen in flammender Röte! Es schwankte und wankte um ihn her, und das Blut in seinen Schläfen raste wie ein flinker Hammer. Er sah nicht mehr, er *wollte* nur noch sehen. Vor seinem Blick standen scharlachrote Sonnenränder, die sich drehten. Tropfen wie Blut fielen aus der Luft und wurden blinde Blitze in das Ungenaue. Und immer heftiger brannte sich ihm ins Hirn die schmiegsame Linie ihrer Hüften und die verwirrende Zeichnung ihrer sanften Schenkel.

Jula, die abgewendet von ihm stand, überkam unvermutet eine Lähmung aller Glieder. Es war ihr unversehens zumute, als sei sie mit Stricken umwunden. Ihr Herz begehrte wild auf. Sie wollte sich Jutt zuwenden. Doch es war nicht einmal möglich den Kopf zu bewegen. Und ein Gefühl warf sich auf ihre Haut, als würde sie von vielen tausend Nadeln zugleich gestochen — nicht so heftig, daß es wehe tat, sondern nur daß es gerade ein Schmerz war, den sie mit der Seele empfand und der sich dem Körper nicht recht mitteilen wollte. Dazu schlich ihr eine namenlose Schwäche ins Gemüt. Und plötzlich, ohne ihren Willen, begannen ihre Knie leise zu zittern. Und immer heftiger wurde dieses Zittern, das sich auf alle Glieder legte und ihr ganzer Leib gleichmäßig zu beben anfing. So stand sie, ohne die Möglichkeit auch nur einen Gedanken fassen zu können oder ihrem eigenen Willen einen Befehl zu geben. Der Mund war geöffnet, aber sie brachte keinen Laut heraus. Gerade wollte sie sich ihrem Anfall überlassen und

zusammensinken, als die Pforte der Kapelle weit aufgestoßen wurde. Aus fremden Augen traf sie
ein starker Blick. Sie erwachte mit jähem Schreck, sah schnell auf Jutt und bemerkte bestürzt,
wie mit einem großen Maß unversteckten Zorns er den fremden Mann in der Pforte anblitzte.

Es war ihr sofort klar, daß sie auf dem gefährlichsten Grat eines Lebens gestanden hätte,
und sie erinnerte sich jetzt zu spät der Lehre ihrer Tante, immer so zu leben, daß man niemals
einen Menschen im Rücken habe. Hier hatte sie das Erscheinen eines Fremden gerettet. Diesem
mußte sie nun zeitlebens dankbar sein. Und eine Bitterkeit über die Unzulänglichkeit des
Einzelwesens quoll in ihr hoch.

»Wie kommt der Mensch in dieses Haus?!« rief Jutt den Fremden an.

Jula trat zwei Schritte zurück. So häßlich war auf diesem Grund und Boden nie gesprochen
worden. Tiefer Mißmut erfüllte sie.

Der Fremde wandte keinen Blick von dem zornigen Jüngling. Ein gütiger Strahl von großer
Gewalt ging von den tiefen Augen aus, die in ihrer Kraft unerschöpflich schienen. Aber Jutt, der
fühlte, daß er an diesem unbeirrbaren Blick ohnmächtig zerbrechen würde, ließ seinen Zorn
reger und heller werden.

»Hinaus aus diesem Hause, diesem Walde! Er gehört mir!« schrie er und seine Stimme überschlug sich, wovor er selbst sich ein wenig entsetzte.

Jula fühlte sich heiß gequält von der Unbeherrschtheit des Jünglings, den sie liebte oder
geliebt hatte und wohl auch jetzt noch lieben mußte in seiner Häßlichkeit. Sie trat langsam
vor und sagte mit verdecktem dunkeln Ton, der ihr ansonst nicht eignete: »Weder dir noch mir
gehören Kapelle und Wald. Sie gehören einem großen Manne, der kommen muß und mir selbst
seinen Namen nennen wird. Jedem Wanderer aber steht es frei hier zu beten und zu nächtigen.
Verzeih uns, Fremder, mir besonders, denn ich war die Ursache dieser Störung.«

Von diesem Schlag getroffen, taumelte der Jüngling ein paar Schritte hin und ein paar Schritte her. Er schämte sich so sehr, daß er hätte aufheulen mögen. Im Augenblick wünschte er
überhaupt nicht vorhanden zu sein, zersprengt, aufgelöst zu sein in Atome.

»Es war gewiß nicht recht von mir, in dies Gotteshaus einzudringen,« sagte der Mann in der
Pforte. Und die jungen Leute erschraken beide, denn es ging von jenem Munde eine Stimme
aus, wie sie sie von gleichem Schmelz und Wohlklang nie vernommen hatten. Sie schwiegen
gespannt. Und alles ringsher schien so gespannt zu schweigen in seliger Erwartung neues Wort
von diesen Lippen kommen zu hören.

»Ich war zuvor auf der Wassermühle, doch ich habe dort niemand angetroffen. Ich hätte
vielleicht warten können. Aber ich dachte auch, das Haus könne nach dem Tode der Inhaberin
unbewohnt sein.« Der Fremde schwieg lächelnd.

»Wollet nähertreten, meine Lieben,« fuhr er nach einem Weilchen fort. »Da der junge Mann
Ansprüche auf diesen Wald und das Kirchlein macht – – –«

»Oh! Ich!! –« rief Jutt beschämt dazwischen und wehrte mit den Händen.

»– – – und vielleicht auch sonstwie glaubt, daß man Besitz kaufen könne oder gar geschenkt
bekomme, ist es nicht ohne Wichtigkeit, wenn ich einmal ausspreche, was ich über solchen
Fall in meinem Leben erfahren habe.«

Die jungen Menschen traten in den schmucklosen kühlen Raum, der außer einem winzigen
Altar nur einige ganz niedere Bänke aufwies. Zwei hohe Wachskerzen standen neben einem
hohen Kruzifix, das aus Holz geschnitten und ein Kunstwerk war.

Wie das ganze Häuschen, war auch jedes Ding in diesem Raume aus Holz, nur ein niedlicher
Ofen war aus himmelblauen Kacheln, und in ihn war für die strengen Wintertage eine breitere
Sitzgelegenheit eingelassen – die Fenster waren aus farbigem Marienglas und begannen erst in
Manneshöhe über dem Fußboden.

Jutt trat leise auf und sah sich demütig um. Sein Blick zitterte. Er versuchte in einem fort
etwas unterzuschlucken, was er nicht im Munde hatte, und endlich merkte er, daß er mit Tränen
kämpfte. Jula sah es ihm an. Und ein Strahl besorgten Mitleids brach aus ihren Augen. Er fing
ihn auf, wandte sich ab, blies heftig ins Schnupftuch und preßte sich zusammen. Sie hatte ihm
verziehen, die Holde, die Selige, die Süße. Dann setzten sie sich auf eine der kleinen Bänke

und der Fremde ließ sich den jungen Menschen gegenüber nieder. Er dachte ein Weilchen nach, indes Jutt noch eine rasche Sehnsucht aufkam, als Mönch in solch einem Raume zu leben, ohne Wünsche und Bedürfnisse. Denn es lag in diesem Kleinod eine solche Weihe, daß ein Mensch von außen her nichts in diese Wände bringen konnte.

»Am besten erzähle ich euch eine kleine Geschichte,« begann der Fremde behutsam und strich einmal mit der Hand über seine marmorweiße Stirn.

»Als Gott die Welt erschaffen hatte und die Menschen dazu, sprach er zu diesen: ›Seid fruchtbar und mehret euch und füllet die Erde und macht sie euch untertan, und herrschet über Fische im Meer, und über Vögel unter dem Himmel, und über alles Tier, das auf Erden kreucht.‹

Und der Mensch ging hin, zu tun wie ihm so hoch geboten.

Doch so oft er auch versuchte, sich die Erde untertan zu machen, es wollte ihm nicht gelingen. Baum und Gras wuchsen nach eigenem Ermessen und trugen ihre Früchte nicht nach dem Willen des Menschen, sondern nach den großen Ringen der Jahre des Mondes und der Sonne.

›Wenn mir die Erde nicht untertan sein will,‹ sagte der Mensch, ›so werde ich über die Fische, Vögel und die Tiere herrschen.‹

Und so befahl er den Fischen hierher und dorthin zu schwimmen und den Vögeln nach Morgen oder nach Abend zu fliegen, und befahl gar den Tieren zu singen und über Busch und Baum zu springen, wie es ihm gerade einkam nach seinem Gefallen.

Aber siehe da: Fische, Vögel und Tiere kümmerten sich keineswegs um die Anordnungen des Menschen, sondern taten und ließen, was ihnen wohl und richtig deuchte. Der Fisch zog seiner Nahrung nach, und der Vogel nistete, wo es ihm am trefflichsten schien, gar die Tiere hatten jedes seinen Ort, darin sie wohneten und auf ihre Kinder paßten. –

Da nun der Mensch einsah, daß er nicht konnte brechen durch seine Rede den Eigen-Sinn der Geschöpfe, ergrimmte er tief in seinem Herzen. Und machte sich: ein Netz zu fangen den Fisch, einen Pfeil zu treffen den Vogel, eine Keule zu schlagen das Tier. Und zog aus also bewehrt gegen die wehrlosen Wesen der Erde. Und übte List gegen die Harmlosen und Gewalt gegen die Freien.

Und der Mensch warf seinen Pfeil. Und alles was Federn hatte flog auf.

›Da fliegen sie, und ich herrsche!‹ rief jubelnd der Mensch.

Und er zog das Netz aus dem Wasser und ließ die Fische im Sande matt werden und verenden. ›Ich herrsche über das Leben der Fische,‹ sagte der Mensch in großem Stolz.

Und er brach mit seiner wuchtigen Keule das Rückgrat dem Tier.

›Ich will euch zeigen, was Herrschen ist!‹ donnerte er . . .

›*Adam, was tust du?*‹ fragte da ernst die Gottesstimme.

›Du hast mir aufgegeben zu herrschen! Und also herrsche ich,‹ gab zur Antwort der Mensch. Und er hob die Keule, und alles floh vor ihm! ›Sieh nur, wie sie gehorchen,‹ rief er.

Aber Gott redete aus der Wolke also: ›Da du dir die Erde nicht untertan machtest in meinem SINN und nicht herrschen wolltest über alles Geschöpf auf Erden in meinem SINN, sondern den Eigen-Sinn, so ich in jedes Wesen legte, brichst, werde ich aus deinem Samen erwecken von Geschlecht zu Geschlecht mit meinem Namen Gesegnete, die werden herrschen, jeder über eine Gattung und werden herrschen mit dieser Gattung über alles Volk, das auf Erden ist. Darum, daß du nicht herrschen wolltest in meinem SINN.‹

Seit der Zeit mußte der Mensch gehorchen den Auserwählten Gottes, die jeder über eine Gattung aller Wesen und Dinge auf Erden herrschen. *Und die Wesen und Dinge alle finden unbeirrbar hin zu den wahren Königen, die über sie gesetzt sind.* Und so ein Herrscher stirbt, ist ein Erbe bereit. Und alles Ding und Wesen seiner Gattung flutet ihm zu über Erden, vom verstorbenen König hin zum lebenden König. Er aber herrscht darüber nach Gottes SINN. Doch alles, was nicht auserwählt war, stand in diesem großen, ewigen Fluten der Dinge und Wesen mitten in. Und die Nichtauserwählten vermochten es nicht zu meistern und nannten das ›Schicksal‹.

Und Gott dauerte die Irrung der Menschen. Es dauerten ihn diejenigen, welche von Geschlecht zu Geschlecht schlimmeres Erbe antraten. Ihnen sandte er seinen Sohn Kristos Jesus, daß er sie lehrte durch Liebe zum nächsten Geschöpf sich selbst zu befreien, sich frei zu machen von dem, was sie ›Schicksal‹ nannten, frei zu machen vom Fluten der Wesen und Dinge.

Doch ihrer sind wenige bis auf den heutigen Tag. Denn die andern lieben die Macht der Gewohnheit, schlecken hie ein wenig und knabbern da ein wenig, und sie schreien einen Jubel aus, wenn der Wind über den Zeiten einmal um ein Geringes ihr verschlissenes Gewand bläht. Denn sie stehen *zwischen* den Dingen und Wesen, die unablässig zu ihren wahren Herrschern eilen, ihnen zu dienen.

Dies aber sind die Auserwählten, die wahren Könige der Wesen und Dinge:

Sie dürfen alles und gestatten sich nichts.

Das Glück läuft ihnen nach, aber sie greifen nicht zu.

Sie sind des Himmels, wollen es aber nicht wissen.

Das Vielgerühmte wird ihnen geboten, sie nehmen das Unscheinbare.

Sie heilen verschwiegen, daß es niemand merkt.

Sie beten nicht, denn jedes Tun und Nichttun, jeder Blick und Atem ist ihnen Gebet.

Sie vermögen alle Wunder der Welt – und vermeiden sie.

Aber – – – *sie sind Könige* – und die *Seelen* der Menschen wissen es alle!!! – – –«

Der Fremde schwieg und sah sinnend zu Boden. Er hatte den Arm auf das Knie gestützt und das bärtige Kinn in die Hand. Keine Miene spielte in seinem Gesicht. Es war klar und kalt wie Schnee und ganz fest, wie geschnitzt.

Jula ging der Legende nach, die sie gehört. Sie strengte sich an, um den Sinn zu ergründen, der sie mit leisem Ahnen zu erfüllen begann. Denn sie erachtete, daß dieser Mann ein Weiser sei, der Jutt eine Lehre fürs Leben geben wollte. Und es war ihr einen Augenblick als müsse sie aufstehen und hingehen, vor ihm niederknien.

Jutt aber saß da, wie mit Blut übergossen. Dieser Fremde hatte dem Jüngling zu verstehen gegeben, daß er nicht frei sei von seinem Schicksal, und daß auch er dem Fluten der Wesen und Dinge unterworfen sei. Er hatte wohl auch gar andeuten wollen, daß er sich erst beweisen müsse als ein König dieser Pflanzung. Und daß die ganze Pflanzung eines Tages aufstehen könne und auf unsichtbaren Beinen weglaufen würde zu einem wahren, anderen König – wenn diese Pflanzung ihn als König nicht betrachten könne. Und Jutt dachte an die Könige der Kunst, des Schrifttums, der Wissenschaft, an die Könige der Maschinen, der Pferde, des Ackerbaus, des Handels und der Schiffahrt. Dienst am Werk machte den König! Keine Erbschaft war imstande, diese Würde zu verleihen!

Und Jutt sprang auf. Mit festem Schritt ging er auf den Fremden zu.

»Ich danke dir, fremder Wanderer. Ich will mich deiner Lehre würdig halten.«

Der Fremde stand auf. »Auch ich danke dir – daß du nicht mehr Zorn in dir trägst,« sprach er. »Nun aber sagt mir – denn es ist wohl so – wie ihr Marias Erbe werden konntet, Kinder?«

Jula schnellte von ihrem Sitz. »Ma – Maria?« fragte sie mit großen Augen.

»Tante Maria hat uns die Pflanzung hinterlassen,« sagte Jutt.

»Oh –« rief der Fremde lebhaft. »Ich habe nie gewußt, daß sie noch Verwandte hatte. Ihre Eltern starben vor Jahrzehnten.«

»So sag mir doch den Namen, wie sie dich genannt hat!« Jula sprach es hastig, laut, als eile es sehr mit der Antwort. Und sie reckte ihm die Hand, als solle er den Namen als ein Ding dareinlegen.

Eine unmerkliche Röte stieg ins Gesicht des Mannes. Seine Augen lagen sinnend auf der zarten Mädchengestalt. Er schüttelte ganz leise den Kopf. Es war wie ein Zittern. »Wie könnte ich das denn sagen?« hauchte er hin. Und es war, als ob die Worte eine Weile hin und her durch den Raum flüsterten.

»Du bist es!« brach es stürmisch aus der Jungfrau hervor. »Jutt! Er ist es! Er ist es!!«

»Wer denn?« fragte der Jüngling ganz fassungslos.

»Er – er – auf den ich warten sollte und dem wir gehorchen müssen in allen, allen Dingen, bis wir selbständig auf den Beinen sein werden! Weshalb erkannte ich ihn denn nicht auf den ersten Blick!? Du bist es, den Tante Maria den ›Innigen‹ nannte – – –«

»Der Innige?« fragte verwundert der Jüngling und entsann sich dunkel, diesen Namen oftmals von der Tante gehört zu haben. Zwar hatte sie nie etwas über den Innigen geredet. Aber der Ausdruck »Der Innige« war von ihr mit einer so großen Besonderheit ausgesprochen worden, daß es ihm jetzt ganz deutlich wieder einfiel.

»Ich kann nicht sagen, daß ich nicht derjenige sei, den ihr so nennt. Noch aber hab ich's euch doch nicht bewiesen,« sprach der Fremde.

»Du bist es doch,« antwortete Jula mit tiefem Blick. Und sie zog aus der Tasche ihres Rockes ein schmales Päckchen, das sie still und demütig in die Hände des verehrten Mannes legte. Er nahm mit großer Bewegung die Briefschaft entgegen, sah in die Ferne, ins Weite, indes die Brust ihm auf und nieder wogte.

»Auf morgen, Kinder!« sagte er mit bebender Stimme. »Auf morgen! Jetzt laßt mich allein.« Er sprach es bestimmt.

Jutt wollte verwundert zaudern.

»Laßt mich sprechen ihr Gebet,« flüsterte der Fremde. Und mit geschlossenen Händen, das Haupt geneigt, sprach er mit voller Innigkeit:

> »Liebe, die du mich zum Bilde
> deiner Gottheit hast gemacht,
> Liebe, die du mich so milde
> nach dem Fall hast wiederbracht:
> Liebe, dir ergeb ich mich,
> dein zu bleiben ewiglich.«

Da weinte Jula laut auf. Sie sank gegen die Brust des Betenden, beugte sich rasch und küßte ihm fromm die Hand.

Dann lief sie hinaus.

6

Jutt war der Geliebten sofort nachgeeilt, und es war ihm doch nicht gelungen, sie zu finden. Denn in dem Sinnennebel, in dem er vorhin bei der Kapelle gestanden war, hatte er keineswegs auf Richtung und Pfade geachtet, so daß er in der beginnenden Dämmerung einen falschen Weg einschlug und nach einiger Zeit an den Fluß kam, der hier sehr breit vorüberlief und jenseits des bewaldeten Hügels den Mühlenteich bildete. Jetzt entsann sich der junge Mann, daß sie vorhin bergab gestiegen waren. Noch einmal zurück zur Kapelle wollte er nicht, und an dieser Stelle die Höhe zu übersteigen war ganz unmöglich, da ein wahres Dorado für Büsche, Schlingpflanzen und stachlige Gewächse zwischen den uralten Baumstämmen, die seit Jahrhunderten nie berührt oder gelichtet worden waren, sich ausbreitete. So ging er vorsichtig den schmalen und brüchigen Pfad entlang, der neben dem Flusse herführte und ihn wohl endlich zur Wassermühle bringen mußte.

Der Fluß schien hier ganz still zu stehen. Keine Strömung des Gewässers ließ sich wahrnehmen. An den Ufern begannen die Wasserpflanzen ihre Spitzen über den glatten Spiegel zu heben. Dazwischen hockten regungslos die plumpen Mäuler der überwinterten Frösche. Und so träge oder noch schlafmüde waren diese Geschöpfe, daß auch das Schießen eines Hechtes, der einen Nachbar zum Fraß sich holte, keinerlei Verwirrung in das stumpfe Verharren zu bringen vermochte.

Der junge Mann wunderte sich, daß er nach dem eigenartigen Erlebnis in der Kapelle nicht aufgeregter war. Vielmehr nahm diese ganze vergangene Stunde Unwirklichkeit an. Und es war ihm hier in dieser Einsamkeit, als erwache er aus einem verwegenen Traum. Oder träumte er jetzt noch? Lag er in seinem Apothekerzimmer und war sein Geist so schwer eingeschläfert von gefährlichen Essenzen? Er hatte eine Braut, zu der er durch eine besondere Bewegung ihres betörenden Körpers und einer verlegenen Röte ihres beängstigend schönen Gesichts von einer wilden Leidenschaft entbrannt war, die aus ihm minutenlang einen Sklaven gemacht hatte und die sie verstanden, beleidigt und verziehen hatte. Ganz klar forschte er in sich hinein, welche Empfindung ihn jetzt besonders beherrschte. Sie hat mir verziehen – sprach da sehr deutlich eine Stimme, sprach es seltsam fröhlich.

Und dann wieder war ihm, als seien die Augen des fremden Wanderers, den man den Innigen nannte auf ihn gerichtet, diese Augen, die von einem Wesen kündeten, wie er es nie noch gesehen hatte. Er gedachte seiner heftigen, unbesonnenen, ganz unbegreiflichen Worte. Aber es kam erstaunlicherweise keine Scham über ihn. Vielmehr nahmen sich jetzt jene Sätze so sonderlich aus, daß er über sie sogar lächeln mußte. Sie hatten keinen festen Bestand mehr in seinem Gedächtnis, sondern waren zerstreut, aufgelöst und hinter einen Vorhang geschoben, der finster aussah.

Hinwiederum sah Jutt, wenn er um sich blickte, alle gegenständlichen Dinge mit einer merkwürdigen Klarheit. Sonst, in solcher Dämmerung waren ihm die Bäume, Sträucher und Pflanzen eines Waldes verschwommen erschienen, während er nun mit gleichsam geschärften Augen alles einzeln, gesondert sah. Es war wie ein Schritt näher dem Schauen. Und wenn Tante Maria in diesem Gehölz Elfenreigen gesehen hatte, konnte dieser Zustand recht gut eine Vorstufe solcher Schau sein. Dort in dem kleinen Wiesengrunde, der soeben sich öffnete, war bei dieser Klare des Gesichts solch ein lieblicher Tanz sehr wahrscheinlich. Ein Gefühl, seltsam zu spüren, gab der Erkenntnis Raum, daß kein Menschenhirn etwas zu denken vermochte, was nicht in diesem ganzen Universum faßbare Gestalt, Form, Norm und quickes Leben hatte. Und Jutt entsann sich nun sehr alter Bücher, die er besaß und gelesen, entziffert hatte in einer vergangenen Orthographie, die nicht Halt machten an der hergebrachten Fähigkeit dieser äußeren Augen, vielmehr Wege wiesen zu einer ganz bewußten Erkenntnis, die vom Wurm zum Stern alles ohne Hemmung in vielfacher Weise kindlich einfach offenbarten . . .

Es war dunkel geworden, als er die Wassermühle erreichte. Die hellen Lichter des Großen Wagens grüßten herüber. Und der klare Maimond stand geneigt.

Die Haustür war offen. Wohnhaus und Stallgebäude lag im tiefen Schlaf der frühen Nacht. Ganz leise rauschte das Wasser vom behutsamen Wehr, durchaus bewußt seiner Müßigkeit. Vom Teich her kam der aufgeregte Ruf einer einsamen Wildente, und dazwischen versuchte sich unfähig ein beschränkter Chor heiserer Poggen.

Er tappte durch den Flur, fand die Tür zum Speisezimmer, das einzige, das zu betreten er sich getraute. Und hier brannte eine magere Petroleumlampe. Der Tisch war nicht besorgt. Nur ein paar blanke Messer waren flüchtig hingeworfen, ein Teller stand da, etwas Butter und Brot und ein Kännchen mit Milch.

Wieder überkam Jutt eine Beklommenheit. War es immer so schwer, im gleichen Schritt mit einer Frau zu leben, wie es sich ihm heute dargetan? Überall war ein kleines Geheimnis. Überall tat sich eine kleine verschwiegene Wichtigkeit auf, die plötzlich über sich hinaustreten und Schicksal, auch sein Schicksal, werden konnte. Ganze große Hingabe schenkte das Weibwesen, darüber eine unruhige Eigenwilligkeit breitend, die im Anfang (und auch immerdar?) den Atem stocken machte.

Jutt ließ die Mahlzeit stehen, versuchte sich in den Zimmern, die ihm schon bekannt. Versuchte vergeblich. Und Julas Zimmertür war verschlossen. Er klopfte. Antwort kam nicht. Zwar glaubte er eine Bewegung vernommen zu haben, und sein Herz pochte so, daß er annahm, daß auch jenseits der Tür ein ander Herz so emsig schlug. Aber der liebe Eigenwille schwieg geheimnisvoll und beharrlich.

Da ging er zu seinem Bett und fand auf der Uhr, daß es noch sehr früh am Abend und in der Stadt gerade die Zeit war, in der die Menschen die fiebrösen und nervenberuhigenden Mittel wie Pyramidon, Brom und Adalin sehr nötig hatten. Und dennoch war er schon müde. Die schöne Leinwand lockte zärtlich, die Glieder zu strecken. Doch es fiel ihm der Innige ein, der in der Kapelle nur eine hölzerne Bank zur Schlafstatt hatte und die so viel älteren Glieder solch harter Gelegenheit überlassen mußte und vielleicht auch hungrig war.

Er nahm den Leuchter, versperrte die Haustür, löschte die Lampe im Speisezimmer, warf sich auf das Sofa in seiner Stube und blies das Licht aus. Der Traum kam ihm sogleich entgegen, und er entschlief. – – –

Mit einer gewaltsamen Bewegung riß es ihn aus dem Schlaf empor. Gleißende Helle schien ihm die nächtliche Finsternis. Arme und Beine, die er von sich streckte, waren wie von einem Krampf durchzogen, der dem südlichen Nervengeflecht seines Leibes in heftigen Wellen entströmte. Vor seinem Geist lag vom gehabten Traum her nackt, nackt, nackt auf gerötetem Pfühl die Schöne, Liebliche, Holde. Angstvoll lag sie und doch erwartend, die Arme in Sehnsucht gebreitet, ganz zu umfassen den Bräutigam in seliger Duldung des Kommenden. Der weiße Busen erharrte gespannt die bebenden, brennenden Lippen.

Ich komme! komme!! – jauchzte es auf im Jüngling.

Wie trunken, schwer vom Wein des Südens, hob es ihn hoch vom Lager, spannender Gegenwart nachzufühlen, Erlösung heischend der traumbefohlenen warmen Erregung seines verstarrten Empfindens. Es tobte ein gewaltiger Aufbruch in seinem Leibe, diesem Körper, den er bis an die Grenze des Mannesalters makellos gehalten und behütet hatte und der nun, nach der ersten warmen Berührung mit der geliebten Frau, aufstand alle Schranken durchzubrechen, an sich zu reißen, was ihm gehörte und was er immerdar schützen und pflegen wollte mit seinem Geist und Blut. Zwar hatte er gehört von einer Zeit der ehelichen Vorbereitung. Sie beide aber waren rein, waren mit weiser Voraussicht zueinandergeführt. Wer konnte das noch von sich sagen?

Und er drückte gegen Julas Stubentür. Sie war noch immer verschlossen. Er klopfte und hörte deutliche Bewegung im Zimmer. Und er bat, bat von ganzem, glühendem Herzen.

»O öffne, Jula, du mein reines Licht! Ich habe so große Furcht um uns beide. Nur meinen Kopf will ich auf deine Schulter legen und ganz still kauern und warten. Immer, ewig will ich bei dir sein und deine Hände halten und küssen.«

So sprach er leise und mit Andacht und legte eine große Innigkeit in seine Worte. Er berauschte sich an seinem eigenen Gefühl, wuchs mit seiner Spannung immer näher der Erfüllung und geriet in eine heftige Erregung, die ihm das Herz bedrückte. Zeitlos, kam es ihm vor, stand er im Dunkel des Ganges. Und wie auf großen langsamen Flügeln, empfand er, schwebte Julas Bejahung heran. –

Jula aber war in einer wahnwitzigen Angst, kaum daß sie die Kapelle verlassen hatte, nach Hause gelaufen. Sie rannte, als ginge es um ihr Leben, als sei der wilde Chor hinter ihr her. Auch nur einmal noch diese süße Furcht und Ohnmacht Jutt gegenüber, dann war sie verloren. Das durfte nicht sein! Das durfte nicht sein! Sie lief quer durch das Gebüsch. Zweige schlugen sie ins Gesicht. Und die Dornen einer Hagebutte zerrissen ihr das Kleid. Sie achtete nicht darauf, stürmte dahin und ihrem Munde entquoll ein leiser, langgezogener, unruhig tönender Schrei. Als sie vorüberkam an der Birke, wo sie und Jutt gesessen, war ihr, als läge das eine Ewigkeit zurück. Doch immer wieder entsann sie sich des gehabten Gefühls ohnmächtiger Schwäche, und es versuchte immer von neuem sich über sie zu legen. Schauerlich süß! Schauerlich süß! empfand sie immer stärker. Und sie lief. Und ihre Beine waren so schwer, schwer. Ihr schien es, als kröche sie wie eine Schnecke.

Sie warf etwas Essen auf den Tisch und schloß sich sogleich in ihr Zimmer. Mit einem tiefen Schluchzen sank sie auf das Sofa. Und sogleich stürzte das gefürchtete Gefühl über sie her. Sie begehrte auf, reckte sich zum Kampf. Aber da erkannte sie, daß sie solcher Macht nicht gewachsen war. Und mit einem süßen Erzittern überließ sie sich der Schwäche. Tränen entströmten ihren Augen. Wie ein Nebelbild sah sie den Geliebten in der Stärke. Selig wimmernd sank sie zurück. Und ihr keuscher Leib erfüllte sich zum erstenmal.

Jetzt kam Jutt. Und sie dankte heiß nach innen. Denn sie hatte Ruhe und Kraft bekommen nicht zu öffnen. Doch zugleich schlich sich in sie eine Täuschung von der heilenden, wohltätigen Macht dieser Schwäche ein. Vorsichtig legte sich der süße Wurm um ihr Herz und fügte ihr den Gedanken bei, daß sie eine starke Waffe gegen sich selbst hätte. Und mit Beben spürte sie eine neue beseligende Ohnmacht nahen. Erschreckt riß sie sich aus ihrer Lethargie. Wohin taumelte sie da? War sie benommen von einem Gift? Sie entsann sich aus der frühen Kindheit dieses Empfindens, als sie in der Scheune vom höchsten Sparren hinabgesprungen war in die strohgedeckte Tiefe. Wo hinab sprang sie denn nun? Nein! sie wollte nicht springen. Sie wollte oben bleiben, oben, wenn sie auch nicht gleich wußte, was das für ein Oben war.

»Herr Gott! Errette mich! Errette mich, du inniger Wanderer!«

Und sie betete heiß, heiß und sehr lange. Betete so lange, bis ihre Sinne zu schwinden begannen, bis ihr die Augen zufielen, sie auf das Bett sank und entschlief . . .

Und sie hatte einen Traum, der war sehr wahr und lebensnah.

Sie sah sich über die Erde gehen. Und die Erde war braun. Aber es war nicht eine gewölbte Erde, sondern die Erde war hohl wie eine Schale. Sehr verlassen fühlte sie sich auf dieser kahlen Erde. Kein Gras, kein Baum, kein Strauch und Haus, noch Stein oder Wasser ringsher – nur Erde, Erde, kahle, braune Erde, ohne Weg und Weiser. Angstvoll wollte sie rufen, doch es war ihr nicht Stimme gegeben es zu tun. Dennoch mußte sie gehört worden sein, denn aus weiter Ferne kam ein Mensch auf sie zu, umhüllt von dem milden, starken Glanz einer Sonne, die in allen Regenbogenfarben schimmerte und darüber hinaus noch andere Farben aufwies, wie sie Jula nie noch empfunden hatte. Und der Mensch, der inmitten solcher Sonne war, schwebte rasch auf sie zu. Er ging, aber er schwebte. Und das Mädchen zitterte sehr bei dem Gedanken, daß sie mit dieser Sonne würde zusammenstoßen müssen. Doch sie fühlte gar nicht, wie der Sonnenrand sie berührte und überließ sich mit frommem Schauer dem Empfinden, von dieser Sonne eingehüllt und umflossen zu sein. Und so ging, schwebte auch sie weiter, weiter an der Seite dieses Menschen, den sie gar nicht wahrnahm, da sie nur Sonne, Sonne, Sonne fühlte. Und als ihr dieses Sonnenschweben bekannter war, zog sich ihr Blick auf den Begleiter, der seltsamer Träger solcher großen Sonne sein durfte. Und mit einem Staunen, das maßlos und wonnesam beglückend war, erkannte sie in diesem Menschen den Innigen, der im Schreiten, Schweben lächelnd vor sich niedersah. Plötzlich blickte er auf, wies mit der Hand nach oben, sie verließen den Erdboden und traten durch eine Wolke in ein fremdes Reich. Da schmiegte sie sich näher an den Innigen, denn ihr fassungsloser Blick verriet: dies Reich war sehr, sehr fremd. Aber ganz geborgen war sie, als der Innige ihre Hand in seine nahm, und es war ihr auf einmal, als sei das die Hand Jutts. Und wie sie hinsah, konnte sie erkennen, daß der Innige wirklich die Hände des Geliebten hatte, dieselben väterlichen Hände. Daß sie das nicht gemerkt hatte, als sie diese selbe Hand geküßt! Doch wie sie näher zusah, schien sich die Hand zu verlieren, nahm eine andere Form an, bis sie erkannte, daß nicht die äußere Gestalt, sondern »Der Atem« dieser Hände denjenigen des Geliebten im Ursprung glich. Und da ging ihr überrascht die Gewißheit auf, daß alles um sie her nicht Form, Gestalt, dauerhafte Bindung war, sondern »Atem«, »Atem«, der sich unausgesetzt einsog und ausstieß, einsog und ausstieß, und der durch dieses Schwellen und Schrumpfen, das überall verschieden war und ohne Sinn schien, das ganze Reich vor den Blicken zu einem gefährlichen Wogen und Wiegen gestaltete, in das hineinzutauchen Jula ahnungssüß ergriffen wurde. Denn was so wogen, wiegen, weben konnte, das *mußte* schön und herrlich sein. Welle im Strom! Welle im Strom, wie groß ist deine Sehnsucht, daß du so rasch zum Meere eilst, dort aufzugehen!? –

Dann, als sie sich an dieses wogende Meer gewöhnt hatte, begannen sich vor ihren Augen die vielen Nebel aufzulösen, wurden Gruppen, die sich wiederum teilten, bis Jula endlich Wesen der unterschiedlichsten Ausdehnungen und Formen erkannte. Doch zugleich erschrak sie sehr und sank entsetzt in die Arme ihres Begleiters zurück. Ein Gefühl stürzte in ihre Brust, das eine über alle Grenzen lebende Erkenntnis war, gemischt aus tiefstem Grauen und engelreinster Freude. Während sich in den höheren Bezirken Gestalten aufhielten, die unmittelbar himmlischen Ursprungs sein mußten – mit unbeschreiblich süßen Gesichtern, wie wohl kein Maler sie je einem Stift entlockt – waren die niederen Teile dieser Erlebniswelt mit den furchtbaren Existenzen angefüllt, für die sie schlechterdings eine Bezeichnung nicht kannte. Da gab es Wesen, die wie spitze Papiertüten aussahen und andere, die nur aus einem Maule mit Quadersteinen als Gebiß bestanden. Und wiederum gab es Ungeheuer, mit langen Schweifen und vielen Köpfen, aus denen Feuer hervorbrach. Und vier Gestalten wie richtige Menschen, nur mit einem langen spitzen Horn auf der Stirn, sprengten vorüber, immer auf und ab, immer hin und her, scharrten, wenn sie einen Augenblick standen, mit den Füßen und stießen keuchend und pfeifend aus ihren Hälsen, ihren Mündern, gelbe Rauchsäulen in die Himmelsrichtungen. Und all die Formen und Gestalten befanden sich in einer suchenden Bewegung. Und unablässig war zu sehen, daß unendlich viele ein Ziel fanden. Sie lagen dann ruhig, blähten sich auf, schwollen an bis zum Platzen und segelten sodann mit dem Ausdruck teuflischer Befriedigung auf und nieder, gar bedacht jede Schrumpfung zu vermeiden.

Der innige Begleiter aber wies mit der Hand ins Weite. Sie schritten. Eine weiße Wolke teilte sich, und sie sahen in ein ander Reich. Eine heiße Glückseligkeit überströmte Jula, denn hier gab es unermeßliche Heere von lieblichen Engelein; aber schon im selben Atem erschrak sie über die ungeduldigen Bewegungen der zarten luftigen Geschöpfe. Und bald erkannte Jula, daß diese Engelein alle in weiten Landschaften verharrten, über Wassern schwebten, an Weihern oder Strömen standen, auf Bäumen saßen oder auch auf Blumen ruhten. Und jetzt sah sie auch, wie diese holden Geschöpfe die Arme reckten, wie sie sich sehnten und wie sie Jula winkten zu ihnen zu kommen. Sie verstand nicht, was die kleinen Wichte wollten und was für traurige Gesichter sie machten. Und sie blickte den Begleiter fragend an.

Und er sprach zu ihr, ohne die Lippen zu bewegen und den Mund zu öffnen. Er sprach im Schweigen. Seine Rede las sie in ihrem Geist.

»Das sind die Frauenseelen, die geboren werden wollen, die eingehen wollen in eine Mutter, die empfangen hat.«

»Weshalb denn Frauenseelen?« fragte sie zurück und auch so schweigend.

»Das ist der Weg der Frau durch den Geist der Tiefe, hin durch die Geschöpfe alle,« kam die schwere Antwort.

Und der Innige wies auf ein wieder ander Reich. Da harrten mit ewig wachen Gesichtern neue Engelein. Sie irrten hin und her und hielten Ausschau. Zuweilen leuchtete eines auf, fuhr hinunter strahlender Hoffnung in ein Unsichtbares und – kam sofort wieder her, bitter weinend, die Händchen flehend abwärts reichend, bittend um Erlösung, mit den Falten unmenschlicher

Verzweiflung in den zarten Zügen. Und immer häufiger und mehr Englein versuchten die Erlösung, indem sie abwärts schwebten. Ein unerträglicher Schmerz legte sich über das ganze lichte Reich. Und Jula sah einen milden Regen hellblauer Engeltränen niedergehen und sich in Wolken verlieren.

Aber wie das große Weh immer heißer wurde und sie vergeblich seine Ursache zu durchdringen suchte, sah sie wieder auf den Weisen. Er erhob eine Hand und sprach zu ihr: »Tu das nie!!«

Diese Worte hörte sie deutlich an ihr Ohr schlagen.

»Sie alle wollen und müssen von Menschenfrauen geboren werden! Wo sich zwei Menschen finden eine Lust zu erzeugen, da schwebt ein Seelchen hinab. Aber die Menschen empfangen es nicht, stoßen es zurück in die Folter ewigen, brennenden Wartens, schütten den Samen in den Sand und erzeugen Ungeheuer, wie du sie vorhin sahst.«^

Immer unheimlicher wurde das Bild vor Julas Blicken. Millionen Englein stürzten hinab, schwebten herauf. Immer größer wurden die Zeichen der Hoffnung, aber auch immer unheimlicher das zurückflutende Leid. Der blaue Tränenregen rauschte wie ein Strom. Doch dunkelrot begann es in der Tiefe zu glühen. Aber nimmer vermochte es der Regen mit seiner Blässe die von Augenblick zu Augenblick heftiger aufsteigende Glut zu decken. Eine gewaltige Verzweiflung brach aus. Wie ein Riß ging es durch den Engelhimmel. Und dann brach der ungeheure Chor der Englein in ein so ohne alle Begriffe schneidendes, hoffnungsloses Weinen aus, daß Jula die Arme auseinanderriß und wie wahnsinnig aufschrie: »Allen, allen will ich euch Leben schenken, Leben! Leben! Kommt ein zu mir! Kommt!« –

Ihren Begleiter hatte sie vergessen. Und im Nu spürte sie einen großen Fall, den sie tat. Die hohle Schale der Erde kam näher. Städte, Dörfer wurden größer. Die Wände alle waren aus Glas, und sie sah in die Häuser, durch und durch. Es war Nacht. Aber sie hatte Nachtaugen. Und als sie von dieser Seite sah, was die Menschen taten in den vermeintlichen Verstecken, überkamen sie Grauen und Entsetzen. Sie schlug die Hände vors Gesicht und fühlte sich so reißend fallen, daß sie gellend aufschrie – erwachte – und von den Wänden ihres Zimmers hallte es noch schaurig wieder . . .

Jutt aber, draußen an der Tür – war von dem gehörten Schrei so erschreckt, daß er zurückwankte und mit dem Kopf gegen die Flurwand schlug. Seine Sinne, auf der Außenrinde seines Leibes, zogen sich plötzlich nach dem Hirn zusammen. Da überfiel ihn eine glühende Scham, die so tief war, daß er sich für alle kommenden Gezeiten als Mensch verloren wähnte. Nie, nie würde ihm die Göttlichkeit diesen Fall verzeihen. Er war den Dämonen zu Füßen gestürzt. Er hatte sich nicht bewacht gehabt. Und wenn es auch nur eine Sekunde war. Die Pforte seines Herzens hatte offengestanden. Es war beschmutzt. Er war unrein. Er trug einen untilgbaren Makel in der Brust und auf seinem Gesicht würde den Makel ein Lesender erkennen.

Er tastete zur Haustür. Denn er durfte hier nicht verweilen. Auch keine Minute länger. Er brachte eine geheiligte Jungfrau durch seine Gedanken in Unkeuschheit.

Er staunte plötzlich aus diesen Sinnen und verzweifelten Qualen empor. Die Haustür, die er suchte, lag in einem klaren Glanz. Und der Glanz ging durch die Tür hindurch. Klopfenden Herzens öffnete er. Der Glanz stand wie eine Säule vor ihm auf dem Wege. Er zog die Tür ins Schloß und ging dem wundersamen Lichte nach. Nicht bemerkte er, wie schwarz die Nacht war, daß kein Stern mehr blinkte, daß es anfing zu regnen. Er ging wie ein nächtlicher Wanderer der weißen Leuchte nach, mit weiten Augen, fliegenden Pulsen, aber gläubigem Sinn. Und es war kein Zeitmaß in ihm und kein Gefühl für eine Richtung. Er wußte gar nicht, wohin er wollte. Nur fort von Jula! Fort! Fort! Er war ein Teufel!

Und auf einmal dachte er, daß er zum fremden Wanderer nach der Kapelle müsse. Ein rasendes Verlangen sich an die Brust dieses Wissenden zu stürzen, brannte in ihm auf. Und er lief auch schon, lief der Leuchte nach, die ihn richtig führen würde. Ganz nahe kam er ihr, als er die Kapelle erreichte. Wiederum entwich der Glanz durch die geschlossene Pforte, die er rasch und leise öffnete, daß er gerade noch sehen konnte, wie der milde Schimmer, der ihn getreu geleitet, sich in dem Manne verbarg, der auf der Stufe des Altars saß und, ohne mit den Augenlidern zu zucken, in hoher Freude gesammelt vor sich niederblickte.

Jetzt erst bemerkte der Jüngling, daß die beiden gelben Kerzen brannten. Ein großer blauer Hauch stand um die spitzen Flammen.

Da hob der Weise seinen Blick und legte ihn tief in den Kömmling, der sich erhoben fühlte unsagbar demütig vor dieser unfaßbaren Übermenschlichkeit. Wachsbleich war das Gesicht jetzt, und die Fäden des Bartes schienen Heiligtümern gleich. Aber nicht von den Kerzen wurde dieses Gesicht beleuchtet, sondern von einer Helle, die von der Stirn dieses Menschen ausging und bis zum Herzen Strahlung warf.

Und der seltsame Fremde bewegte leise die Lippen:

»Komm, Jutt, lieber Sohn, zu mir! Hier ist gute Hausung für deine irrsamen Nächte!«

Überwältigt breitete der Jüngling die Arme. Aber die Beine versagten den Dienst. Wo er stand sank er in sich zusammen. Hehre Schauer überbreiteten ihn. Er empfand sich vor der goldenen Schwelle des Tempels der höchsten Glückseligkeit stehen – und nur ein Schritt noch, so würden die heiligen Quellen allen Lebens sich über ihn ausschütten.

– Und was willst du – dem Gott für seine gewaltige Güte geben? – hörte er eine Stimme in sich fragend rufen.

Alles, alles will ich geben! Mein ganzes Leben gebe ich hin! Und auch den Tod will ich wählen, wenn er gefordert wird!!! – Er rief es heiß in sein Herz hinein, hinein in seine geöffnete Brust.

Da aber fiel das blitzende Tempeltor dröhnend ins Schloß. Unsichtbare Faust stieß ihn zurück in das finstere Leben.

Schaffe dich neu! donnerte ihm eine Stimme ins Hirn.

Da ward es finstere Nacht um ihn, und er rang um sein Augenlicht, bis er es zu sich zwang.

Mit mildem Ernst stand der Innige neben ihm und sah zu ihm nieder. Er sprach: »Du hast dich entschieden. Das Opfer hast du gebracht. Es wurde angenommen und blieb hinter goldenen Türen, bewacht und gehütet. Nicht mehr gehörst du dir selbst. Und deshalb ist es so finster vor deinem Blick. Aber sei still, ganz still, still. Ich werde dir leuchten. Schlaf! Schlaf! Ruhige Nacht . . .«

Und er breitete seinen Mantel über den Erschöpften.

7

Als Jutt erwachte, sah der Morgen matt durch die bunten Scheiben. Seine Glieder schmerzten vom ungewohnten Lager. Er sprang auf. Der Innige war fort. Aber seinen Mantel hielt der junge Mann in der Hand. Er war vielleicht im Freien. Jutt trat hinaus. Fröstelnd schauerte er in der Frühkühle. Er lief um das Gotteshäuschen. Der Fremde war nirgend. War er zur Wassermühle gegangen? Er überlegte und fühlte dann das Bedürfnis sich zu waschen. Rasch ging er hinunter dem Flusse zu. Und da sah er dann an einer flachen Uferstelle den seltsamen Mann nackt im Wasser stehen. Jutt eilte hinzu, und indes er sich die Kleider vom Leibe zog, verwunderte er sich der marmornen Blässe dieses schmalen Körpers, über den fortgesetzt aus den hohlen Händen das kalte Wasser floß.

Mit leise ernstem Kopfneigen begrüßten sie einander, als Jutt in das Wasser kam. Und Jutt tauchte nicht unter, wie er es sonst getan, sondern folgte in allem dem Alten, dessen Gepflogenheiten er so schnell wie möglich zu den seinen machen wollte. Trockentücher hatten sie nicht, deshalb rieben sie ihre Körper mit den flachen Händen bis die Haut rot und trocken wurde. Hurtig warfen sie die Kleider über, und Jutt folgte seinem Lehrer, als dieser sich lang auf den Erdboden legte, den Kopf nördlich, die Füße südlich, Arme und Beine gespreizt, so daß der Leib ein Pentagramm bildete. So ruhten sie eine kurze Weile, und Jutt durfte erstaunen, mit welch einer Frische er sich nach dieser schweren Nacht erhob und neben dem Innigen wieder der Kapelle zuschritt.

»Jetzt wollen wir uns in Liebe vertiefen,« sagte der Fremde und trat vor das Christusleiden. »Liebe, Liebe, Liebe aller Menschheit!!«

Er hob den Blick und stand in sich geschlossen, regungslos.

Der junge Mann wußte mit sich nichts anzufangen, als er das gleiche tat. Er versuchte sich vorzustellen, was er an aller Menschheit liebte. Und das war gewiß wenig oder besser gar nichts. Nein – er konnte nichts Liebenswertes an der Menschheit entdecken. Menschen wie der Innige waren liebenswert, und Jula war liebenswert. Aber er verbot es sich sofort, an Jula zu denken. Und wie er so stand und es versuchte, die Gedanken, die auf ihn einstürmten, zurückzudrängen, fühlte er plötzlich, daß es eigentlich eine Pflicht sei, sich zur Andacht zu befehlen. Deshalb begann er im Innern die Worte des Innigen zu wiederholen, immer aufs neue zu wiederholen, sobald er fertig war; langsam und einprägsam geschah das.

»Liebe, Liebe, Liebe aller Menschheit!«

Nach wenigen Minuten schon empfand er in sich einen Rhythmus schwingen, der ihn mit einer unbekannten Wonne erfüllte. Und als er eine kurze Weile in diesem seligen Schwingen stand, da wußte er, daß dieses ein ganz großes Erleben sein mußte. Ja – er war hier mitten in einem Erleben, das da draußen im Menschenvolke eine Seele von Zeit zu Zeit in den Augenblicken großer Leiderfahrung, reinen Freudeempfindens oder tiefer Einkehr im Innersten aufrührt. Hehre Schauer nie geahnter Glückseligkeit streifen dann ein verschüttetes Herz und geben ihm den Mut aufzustehen und weiterzuringen in der tiefen Nacht der weinenden Erde. Und Jutt – ein Hauch der Verklärung strich ihm übers Gesicht – stand mitten im bewußten Erleben dieser heiligen Ströme, die also für Menschen jederzeit erreichbar waren, zu denen er sich erheben konnte, denen er seine Seele anvertrauen durfte und – denen sich tätig sie überhöhend einzufügen ihm nun plötzlich höchste gottselige Notwendigkeit wurde.

Und so stand in ihm plötzlich ein Wille zur Liebe auf, der den seligen Rhythmus zu immer größerer Breite anschwellen ließ. Jutt fühlte, wie er in dieser wachsenden Entfaltung Eins wurde mit dem Innigen und wie nun der Strom und der Fluß, der in ihn mündete ein breiterer, tiefer Strom wurden. Jutt hätte in der sieghaften Glückseligkeit aufjubeln mögen, aufjauchzen vor reiner weißer Freude; aber er hielt diese Regung im Herzen fest. Und wie diese hohe Regung sich so übermenschlich gebunden fühlte, brach sie nach innen aus zu einer rauschenden Melodie, deren Töne und Fülle niemals auf dieser äußeren Erde zum Klingen kommen konnten. Dem Jüngling war zu Sinn, als ob die Sonne erbrause. Der Rhythmus schwang in starken Wogen dahin; darüber breitete sich die Sinfonie der Himmlischen. Und als sich nun vor dem Blick des

Gesammelten das unendlichfache Bild der ganzen Natur auftat, erschauerte er in der hehren Schauung dieses Erlebnisses. Ihm war, als stünde er nackt vor der Welt, nur bekleidet mit einem weißen Licht, das ihn von allen Seiten umfloß. Und wieder hörte er in sich eine klare Frage läuten wie in der Nacht.

»Willst du dein Leben hingeben ewig in diesem Leuchten zu stehen?«

Nur selige Zustimmung war da in ihm. Es gab nichts als Zustimmung. Nur ein stürmend jubelnd rasendes Ja brach hervor, ohne Anfang, ohne Ende, ohne Zeit und Verstand.

Da schnitt ein Schwerthieb diese Seligkeit mitten entzwei. Er stand in Nacht, banger Nacht. An sein Gehör quoll die Qual der Menschheit. Und der Wehschrei aus ungekannten Reichen stieg ihm ans Herz. Er sah, sah sich selbst, ein übermenschlich Ringender, und sah, groß und bleich, Jula, ihm zur Seite, die ihm im Ringen half. Um sie beide her hob eine Schar von Kindern die Hände. Und vor den Mündern allen stand das Wort: helfen, helfen, helfen!!! –

Und wieder zerrann das Bild.

Jutt war zusammengesunken. Schlaff hingen seine Arme. Die Brust ging ihm schwer. Eine nagende Leere im ganzen Körper war nicht auszuhalten, verlangte nach Tun. Er fühlte, er sollte die Antwort geben, ob auch jetzt noch der Wille zum Leuchten mit reinem Ja in ihm klänge, jetzt, nachdem er das Opfer geschaut.

Er richtete sich auf, wurde straff und groß. Dennoch würde er Ja sagen!

Und ein neuer Nebel schob sich ihm vor den Blick . . . Eine wüste Menschenhorde umringte ihn, spie ihn an und bewarf ihn mit Unrat und Steinen. Doch er spürte keinen Schmerz, sondern hatte nur das Empfinden, daß ihm laues Blut über das Gesicht lief.

Und das Bild verging . . .

Da schrie mit einer unbändigen Kraft der Jüngling auf: »Ja! Ja!!! In Ewigkeit Ja!!!« Und zugleich fühlte er, wie etwas Unfaßbares aus Ewigkeit her die ganze Kapelle und alles um diese Kapelle her, weit rings, unsagbar erfüllte. Und das Gewaltige legte sich über ihn. Er sank zusammen unter dieser beseligenden Last. Und dann spürte er unaussprechbar, wie in seine Adern, hinein bis in jeden Nerv, ein glühender Stahl floß, glühend, weiß, und dennoch kühl wie Schnee. Er spürte nicht mehr sich das Gewaltige entfernen. Er erhob sich – ein hörnerner Siegfried . . .

Er war stark und nüchtern. Sein Blick fiel auf den Fremden, der in stummer Ehrfurcht zu Boden sah.

Tiefe, tückische Zweifel überfielen den Jüngling, ob dieser Ernüchterung seiner Gefühle, und es wurden merkwürdige Fragen in seiner Brust wach. Diese Fragen schmolzen schließlich zu einer einzigen zusammen, ob dieser Fremde nicht auch womöglich zu jenen neuen Rittern der Seligmachung gehöre, deren es jetzt in den Städten haufenweis gab. Sie kamen sich alle sehr wichtig vor – gerade darum, weil sie so taten, als ob sie es verheimlichten – ihre Taschen waren gefüllt mit Datteln und Feigen und mit Konzepten zu Vorträgen, die sie so gern vom Stapel ließen. Jeder von ihnen hatte schon ein paar Seelen gerettet (oder auf dem Gewissen) und um sich her verbreiteten sie gefährliche Sanskritbrocken. Weiber, die ihr gesundes Geschlecht in hirnliche Bahnen lenkten und sich um ihre Mutterpflichten auf Erden herumdrückten – obschon gerade sie, wenn sie schon geistig waren, verpflichtet sein mußten, den kommenden Leibesadel zu gebären – ließen verblasene männliche Aufsätze auf die Menschheit los und bereiteten mit den zufriedensten Gefühlen ihrer »geistigen Schulung« ein neues Mittelalter vor, zu dem gemessen das hinter uns liegende nur ein kleiner Narrenspuk gewesen.

»Ich mag aber diese schlaffen Inder nicht,« stieß Jutt plötzlich hervor und blickte doch ein wenig scheu zur Seite.

»Ich auch nicht,« sagte der Innige gelassen. »Wähne nicht, mein Sohn, ich sei auch so ein Säulenheiliger, ein Kohlrabiapostel oder Nabelfreund. Von Buddha habe ich nie etwas gelesen, und da ich Laotse aufmachte und nicht verstand, nahm ich ihn nicht mehr vor Augen. Wozu auch?! Die Natur ist überall und überall groß. Es gibt keine kleine Natur. Und da Natur in Gott und Gott in Natur ist, ich in Gott und Gott in mir, so brauche ich keinen Lehrer und Weiser und Bücherkram. In jedem Menschen wohnt eine innere, weisende Stimme, die man mit vielerlei Namen benennen könnte und die doch keinen Namen hat. Der Mensch lausche auf sie und gehorche ihr. Dann wird er nie irren.«

Jutt war sehr überrascht. Hohe Freude durchbrach seine Brust.

»Wir Germanen brauchen den sich ausbreitenden indischen Geist nicht. Wir haben eine größere Vergangenheit,« fuhr der Innige fort. »Die Weisheiten der Schwäche wollen wir auch den schwächeren Nationen überlassen. Wir haben ja unsere Meister, die wahrlich reineres Wissen verbreiteten, als die schemenhaften Auslegungen jenes Mischmaschs eines rauch-, eß- und fluchlustigen polnischen Mediums. Wir Germanen haben nach Israel die *größten* Propheten gehabt. Wir haben Paracelsus, Eckehart, Tauler, Seuse, die deutsche Theologie, wir haben den schlesischen Engel und den Schuster Böhme aus Görlitz. Diese Deutschen haben die kommende germanische Religion in schneeiger Reinheit umrissen. Nichts da von Zaratuschtra und Sophismen. Wir haben uns ohne Indien *selbst* gemacht und brauchen nicht noch einmal geboren zu werden!«

»Und du betest nicht nur? und ziehst nicht nur immer auf den Straßen umher??« Jutt stieß es aus wie ein Schrei; der wie eine Hoffnung auf Rettung klang.

»Beten? Was soll ich denn beten? Wer in Not ist soll beten, denn es gibt Kraft! Diese Sammlungen am Morgen oder auch mittags oder abends sind nur dazu da, den verlorenen Menschen abzugeben von meinem Überschuß und mich als Stromleiter anzubieten denjenigen hohen Mächten, die es so gut mit der Menschheit meinen und die abzuleugnen doch wohl niemand mehr so dumm ist. Und du wirst spüren am Leibe deines Lebens den Wert dieser Sammlung. Und – natürlich bin ich auch beschäftigt. Ich bin ein bevorzugter Mann meines Berufs, bin Moorvogt, habe da weit in den Ländern unendliche Sümpfe trocken zu legen und den armseligen Ansiedlern durch die finstere Nacht dieses Daseins zu helfen.«

»Da möchte ich auch hin,« brach es aus dem Jüngling hervor.

»Jedes bleibt und wirkt, wo ihn das Schicksal hinstellt!« bedeutete der Fremde. »Du hast hier seltsame Heilkräuter zu züchten. Sieh zu, daß du ihr König wirst.«

»Ich bin noch jung,« flüsterte Jutt. »Und – schwer ist die Jugend.«

»Die Jugend hat schöne Augenblicke,« entgegnete leise der Innige. »Doch es sind nur Augenblicke, auch wenn sie etwas länger dauern sollten. Was aber wollen sie sagen im Ausschau auf die Ewigkeit? In der Jugend sind wir verschüttete Menschen mit der nicht bewußten, unbewußten Sehnsucht das unerhörte Heil der Menschheit zu erringen. Was aber bleibt übrig dann? Zugeschaufelte Kreaturen, ohne Halt und Geborgenheit, ohne glücklichen Atem und wahrhaftige Tat, dumpfe Geschöpfe, die auf den endlichen Retter warten, der Christus nicht ist und nicht sein kann, weil sie es verträumen oder verludern *in sich selber* diesen Erlöser zu suchen. Nach außen verströmen sie, zu erringen Seele und Sein in plötzlichem Tun. Und müssen erfahren, daß wohl irdische Taten aber nicht Seele und Sein sie finden! – – Ach ja! wieder so einmal jung sein mit *vollen* Sinnen! Und ein liebes Mädchen im Arm halten und streicheln und so gar nichts von ihm wollen! Bloß die beseligende unerregbare Freude haben am unberührten Gottesgeschöpf! Trunken weinen! Vor Schönheit weinen! Mit jeder Faser des ganzen Menschen vor trunkener Schönheit weinen! Die große Musik, die nie oder selten gespielt wird, weinend zu erfühlen, als die gewaltige Sinfonie des Daseins! Das, das ist großes, seliges, wahrhaftiges Leben, das aufgehoben wird und nicht vergeht im heiligen Rhythmus der Äonen! – Siehst du, Knabe, das gibt es kaum mehr in der Menschheit, ist vertan und verloren! Der kleine Mensch muß sich begnügen, daß er dies noch von Zeit zu Zeit – in einer plötzlichen Stunde nur – *will*, Wollen hat, reines Wollen zu diesem Augenblick. Denn das große Weinen, das die Seligkeit der Erde ist, in welcher Seligkeit die Erde unabänderlich, unausgesetzt mit ewigen Gefühlen des unendlichen Gebärens steht, quillt nur aus der gewaltigen Stille, deren Größe den verlorenen Menschen der Gipfel allen Schreckens ist. Weil dies große Schweigen sie auch nicht einen Augenblick lang ertrügen. Sie stürben dann, stürben im äußeren Leibe, was sie um alles in dieser scheinbaren Welt verhindern möchten. – Tat *und* Seligkeit in *Einem* – wo ist das geblieben auf der weinenden Erde?!«

Der Innige schwieg und hatte sich gesetzt.

Jutt aber stand mit großen Augen ins Weite. Er stand, die Hand am bebenden Herzen, und starrte dem blutenden Christus ins Gesicht, ohne ihn wahrzunehmen . . .

Da wurden eilige Schritte draußen vernehmbar. Jutt wandte sich jäh. Ihm stockte der Atem. Es konnte nur Jula sein. Er sah hinüber zum Innigen und ein Schreck überfiel ihn. Der Fremde hatte sich halb vom Sitz erhoben. Seine milden Augen waren weit. Seine Lippen zitterten seltsam. Aschfahl war sein Gesicht. Und er blickte mit einem unbegreiflichen Seelenhunger auf die Tür, wo sogleich das Mädchen erscheinen mußte.

Und Jula erschien!

Wie eine Sturzwelle schoß dem Fremden das dunkele Blut in das weiße Gesicht. Hochrot stand er erhoben. Sein funkelnder Blick lag auf der lieblichen Gestalt und schmolz langsam zu einer zärtlichen Liebkosung zusammen.

Jula war ebenfalls errötet und sah betroffen von einem zum andern. Sie entsetzte sich über den Geliebten, der zwei Schritte zurückgewankt war. Stirn und Augen waren über Nacht so leidend geworden, aber die Zähne hielt er in unverkennbarer Wut aufeinandergepreßt. Dann lief dieser Zorn in einen so schmerzhaften Ekel über, daß Jula rasch auf ihn zutrat, das Körbchen zu Boden stellte, und ihm die Hand reichte, sie innig, fest drückend. Merklich wichen die Zeichen der Eifersucht. Er lächelte, halb traurig, halb bitter. Dann bedeutete er Jula mit einer schwachen Bewegung, sie möge den Alten begrüßen und ihm Kanne und Korb anbieten. Aber Jutt wunderte sich, daß der Fremde so rasch seine Fassung wiedergewonnen hatte. Er war jetzt wieder der innige Lächler wie sonst, mit den tiefen Augen des Wissens und mit der starken Waffe unbezwingbarer Geduld im Blick. Sie setzten sich alle drei auf die niedrigen Truhen, die entlang der Fenster standen.

»Du wirst hungrig sein,« sagte Jutt zum Fremden.

»Ich habe auf dieser Erde keine Bedürfnisse mehr,« antwortete dieser mit leiser Stimme.

»Also doch ein Asket,« entfuhr es dem Jüngling.

»Liebe Kinder,« sprach der Alte mit gütiger Geduld. »Ich habe das von Tante Maria gelernt. Es war nicht leicht, denn einstmals war ich ein Mensch, der sehr, sehr viele Bedürfnisse hatte.«

»Und wie hast du sie abgelegt?« fragte Jutt rasch, der so häufig in der Stadt es versucht hatte in Leidenschaften verketteten Menschen aufwärts zu helfen.

»Je nun – mein Sohn. Das ist bei jedem Menschen anders. Der eine sieht ein Blümlein im Grase und ist so erschüttert, daß er umkehrt fürs Leben. Und ein anderer sieht ein Kind weinen – und es war seine Rettung. Wieder ein anderer hat einen Traum – und steht auf gesund an seiner Seele. Und noch ein anderer wird von zwei fremden Augen angesehen, die er nie mehr vergessen kann bis an das Ende seiner Tage. So ist das . . .«

»Aber – aber – helfen . . . Man muß doch helfen können,« stammelte Jutt.

»Wer das große, reine Wollen hat, dem wird geholfen werden,« war die Antwort des Alten.

»Aber nein! Das ist nicht wahr!« eiferte Jutt. »Ich sah Menschen, die das große, reine Wollen hatten, an ihren Schwächen elend zugrunde gehen! Und schon Paulus wußte das als er sagte: ›Wollen habe ich wohl, aber vollbringen das Gute finde ich nicht. Wer wird mich erretten von dem Leibe dieses Todes?‹ – Wo bleibt da Christus? Sprich! Sprich!! Hat er denn uns Menschen doch zuviel zugetraut? War er *doch* zu schwach die *ganze* Last zu tragen? Stimmt es, was die großen Weisen sagen, daß er nur der Retter Weniger war, daß er, wie Matthäus sagt, das Abendmahl gab ›*für Viele*‹? Wo bleiben denn die Milliarden anderen, verlorenen Menschen, die doch auch zum Himmel wollen und nicht können und denen in den Kirchen vorgeredet wird, der Christus sei für *alle* Sünder gestorben!? Wiedergeburt ist Unsinn! Denn die menschlichen Körper werden von Generation zu Generation schlechter, verworfener, verschütteter. Sag mir deshalb, du Fremder, Inniger, ich frage dich: war dieser große Liebende zu schwach, das große Werk, die Last der Sünde aller Suchenden kommender Gezeiten auf sich zu nehmen, wie es die Kirchen durch sein Wort verkünden? Hier stehe ich! Ich will es wissen für unzählige Millionen, die gläubig sind im Herzen und den Titel »Christ« führen!!« –

Jutt und Jula blickten atemlos gespannt auf den Innigen.

Der aber senkte langsam das Gesicht und sah zu Boden. – – – – – – – –

8

Sie gingen alle drei hinaus auf die Pflanzung. Jula war in der Mitte. Sie verwunderte sich des anheimelnden Gefühls so neben dem Innigen hinzuschreiten. Das Gefühl war genau so, wie es nachts im Traum gewesen war. Und vorsichtig verglich sie die Hände der beiden Männer. Jutts Hände waren anders als diejenigen des Fremden. Doch sie hatte beider Hände gleich gern aus demselben Empfinden heraus. Es war das Empfinden geschützt zu sein. Die alte Hand *war* Schutz. Die junge Hand war auf dem Wege Schutz zu werden – und doch *war* sie auch schon Schutz.

Als der Alte mitten in der großen Pflanzung stand und ringsher das schwere, seltsame Werk der Toten überblickte, quollen seine Augen über. Er kniff die Lippen fest zusammen und beschattete den Blick mit den buschigen, beweglichen Brauen.

In dichten Büscheln oder in einzelnen Gräsern und Stengeln drängten sich üppig die heilenden Kräuter auf dem Erdboden, der durch jahrlange Mühe sauber, frei von Unkraut geworden war.

»Jetzt ist nicht mehr viel zu tun,« sagte Jula. »Vor Jahren, da war es anders. Nun braucht man nur am Morgen die kleinen Schmarotzer zu entfernen, dann bleibt alles rein, wie am ersten Schöpfungstag . . . Laß uns beginnen,« sprach sie zu Jutt und bückte sich und zeigte dem Jüngling die kleinen Sprießer, die überflüssiges Unkraut waren.

Da es zur Nacht geregnet, Nordwest aber den Himmel gesäubert hatte, blühte die blanke Sonne so warm, daß es eine Lust war. Fast hätte der Innige sich auch gebückt und mitgeholfen. Doch er besann sich.

»Es würde die Pflanzen nicht freuen, wenn ich sie berührte mit meinen Händen, die anderer Arbeit geweiht sind. Auch darauf muß man achten. Tante Maria hat dies Werk für euch gedacht. Sie wird eure Hände auch segnen.«

Jutt erhob sich.

»Und was sind dort hinten für Felder – außerhalb der Pflanzung?« Er zeigte in die Ferne, wo sich hinter dem Wehr den Fluß entlang saftige Äcker und Wiesen hinzogen.

»Auch das sind unsere Ländereien,« entgegnete Jula. »Sie werden, solange ich denke, besorgt von einigen Armen im Dorf, die uns als Zins Getreide, Kartoffeln, Hafer und Heu geben – und was an Gemüsen zwei Menschen im Jahr verzehren können.«

»Das ist mir nicht lukrativ genug!« sagte Jutt gewichtig und mit einer Geste, als stünde er in der Apotheke hinter dem Ladentisch.

Jula erhob sich. Sie kannte das Fremdwort nicht.

Auf dem Gesicht des Alten stand ein heiteres Lachen.

Jutt wurde rot. Er eiferte in sich hinein. Und auf einmal platzte er wirklich los:

Er würde die Leitung dieser Anpflanzung übernehmen, die so sehr nach seinem Sinn war. Hier stand ein Mann in seinen besten Kräften. Jubelnd würde er sie an diese Arbeit spannen. Wie so viel unbenutzter Boden lag um die Pflanzung her! Oh – das sollte sich dehnen und wachsen! Das große Brausen der neuen Zeit sollte auch diese schlummernden Schollen aufjauchzen lassen! Sie sollten eingeordnet werden in den tätigen Rhythmus der Allgemeinheit! Jutt reckte die Arme . . . Ausdehnung brauchten wir, Ausdehnung! Hier hatte die Tante den Boden bereitet.

Liebliche Jungfrau! Und sie schlägt so langsam die Augen auf . . . Mit zartem Lächeln ging sie auf den Jüngling zu, der peinlich die Lippen schloß und die Arme sinken ließ, die noch in leidenschaftlicher Stellung waren. Etwas in ihm stürzte zusammen. Und was da plötzlich zusammenstürzte, war dasselbe, was ihm über diesem Landschaftsraume gestern morgen und bis jetzt noch unheimlich gebreitet gewesen war. Es war das Empfinden, daß er an diesem Allen keinen Teil hatte. Und nun brach dieses Empfinden entzwei. Er sah ein, daß er Unsinn geredet hatte und fühlte, wie ihn aus dieser Jungfrau her der Atem der Kräuter und Felder heimatlich warm anblies. Oh, würde sie doch nicht sprechen! Er wußte ja alles, alles. Alles war richtig! Und nun redete sie dennoch! O Scham! Scham! – Aber sie sprach ja ganz anders.

»Das hatte natürlich die Tante auch schon gedacht. Aber nur dieser Erdboden im breiten Streifen rings um den großen Teich her hat so heilsame Kraft. Wo das Auge bei Sonnenaufgang nicht hinreicht, ist es vorbei. Und dann sagte die weise Tante immer zu mir: *Einkehr* braucht die kommende Zeit, nicht Auskehr. Und sagte auch: es ist alles Ding auf Erden schon so ausgedehnt, daß es weder Maß noch Gewicht hat; *Vertiefung* brauchen die Menschen, nicht Ausdehnung, also Verflachung . . . So sagte die Tante . . .« Jula schwieg.

Jutt hatte das Mädchen in Verdacht, daß es auch eigene Meinungen mit dem Namen der Tante verhüllte, um nur nicht ihren reizenden Hauch zierlicher Bescheidenheit zu verlieren. Und er konnte nicht sagen, in welcher Charaktereigenschaft er diesen Zug unterbringen sollte. Er fühlte aber deutlich, daß sein Gemüt völlig gewandelt war und daß es besser wäre, in diesem neuen Zustand nicht mit früheren Ideen umherzuspringen.

Er und auch Jula wurden darauf aufmerksam, wie der Alte zur Sonne sah, das Gesicht nach Süden wandte und aus einem Büchlein die Tagesstunde genau zu errechnen wußte. Dann ging er ein paar Schritte vorwärts, bückte sich und lenkte seine Schritte den Mühlenteich entlang wieder dem Walde zu.

Jula war feuerrot geworden.

»Was ist denn?« fragte Jutt.

»Ich habe in diesen Tagen der Verwirrung versäumt die Schlüsselblumen zur rechten Stunde zu ernten,« entgegnete Jula leise und nachdenklich. »Dieses aber ist die allerletzte Stunde.«

»Schlüsselblumen?« Jutt sah das Mädchen verwundert an. »Was will man denn mit der Schlüsselblume?«

»Tee kochen, Herr Apotheker! Sie sänftigt das Herz, macht fröhlich, leicht und hoffnungsvoll,« war die Antwort.

So pflückten sie die Schlüsselblumen. Bis in den Wald hinein pflückten sie und legten die zarten Kräuter zu Haufen aufeinander. Jutt erzählte dabei von seinem Leben, denn Julas Leben, wenigstens das äußere Leben, war mit ein paar Sätzen abgetan. Sie stellten fest, daß sie beide Vollwaisen waren, deren sich die milde, gütige, manchmal auch strenge Tante angenommen hatte. Von ihren Eltern wußten sie nichts. Aber die Tante hatte Jula so warnend angeraten, dem Innigen in jeder Weise zu vertrauen, daß sie von diesem rätselhaften Schweiger noch vieles erwartete. Mutmaßungen zu stellen lehnte sie mit einer so vornehmen Geste ab, daß der Jüngling vor diesem Adel erschrak und sich sofort anschickte mit seiner neuen Gemütsverfassung, die ihn körperlich verfitzt hatte, seine frühere Haltung eines selbstbewußten Menschen zu verbinden. Und er verwunderte sich, wie rasch das ging und welch ein starker Ausgleich durch dieses Äußere zustande kam.

Dann trugen sie in Körben die Ernte in die Wassermühle, vor deren Einrichtung der junge Mann erstaunte. Noch mehr erstaunte er vor dem schlichten Wissen der Jungfrau, die ihn hier gelassen an die Urgründe der Pharmacie führte. Und doch durchkreuzte seine Gedanken immer und immer die eine und eine Gewißheit, daß sie um etwas herumsprachen, daß sie sich fürchteten das Eine und Große zu berühren, das sie doch miteinander verband – ob sie nun wollten oder nicht. Und dieses Herumreden, das merkte er deutlich, war ein gefährliches Spiel mit Worten. Offenes Bekennen mußte diese Gefahr eindämmen, wenn nicht beseitigen oder zerbrechen.

Und er sagte es ihr. Und sie hielt still. Dann sprach sie von der Nacht und ihrer Wanderung mit dem Innigen durch die jenseitigen Reiche. Und er sagte von allem, was er erlebt in der Kapelle. Und sagte ihr seine eigenen Gedanken über Liebe, und wie ein Dämon, der immer lauerte und immer versuchte ihn anzuspringen, ihn gestern im Walde und in der Nacht ganz übermocht hätte.

Es wurde ihnen beiden leichter und freier bei dem Gespräch. Vor ihrem Innern zerteilte es sich wie Nebel.

»Ich denke mir, die Ehe ist eine heilige, schöne und schwere Aufgabe,« sagte Jutt, nachdem er lange geschwiegen hatte. »Der kommende neue Adel wird aus solchen Menschen hervorbrechen. Ich sah selige Brautmenschen. Aber sie nahmen einander wie man einen Gegenstand in Gebrauch nimmt. Wie bald waren sie entzweit und haßten einander!«

Und wie sie wieder in die Pflanzung gingen, stand die Sonne schon weit im Nachmittag.

»Was hat es mit der Stunde auf sich,« fragte Jutt, »in der wir die Schlüsselblumen pflückten?«

»Jede Pflanze muß zu ihrer rechten Stunde am richtigen Tag gepflückt werden,« entgegnete Jula.

»Oh – das wirst du mich alles noch lehren!« rief der Jüngling.

»Nicht werde ich dich solches lehren,« antwortete sie. »Das mußt du dir erringen. Wenn du ein – ein König sein wirst, dann wird es schon von selber zu dir kommen.«

»Ein König? So ein König der Dinge – von dem der Innige sprach?« fragte er gespannt.

»Nein – ein an-derer König! Ein König deiner selbst!«

Und Jula bückte sich, um ein paar Kräutlein Unkraut zu ziehen. Ihre Bluse lag hohl um den Hals. Jutt erblickte mit tiefer Erschütterung ihre vollen schneeigen Brüste, die leise in den Bewegungen des Mädchens zitterten. Ganz rein und selig sah er hin, schloß die Augen, sah wieder hin und fühlte ein paar Perlen über seine Wangen rinnen. Rasch wandte er sich ab und lief, ohne Gruß oder Wort, lief dem Walde zu. Ein Jubel saß in seiner Kehle, und er ließ ihn hinaus. Hoch und feierlich klang der befreite Ton dahin. Jutt wandte sich nicht mehr um. Er wollte allein, allein sein. Denn die feuchten Klauen des Satans fingerten um ihn her. Er wollte ihn abseits schleppen, um ihn niederzuringen, niederzujauchzen!

Im Walde warf er sich in das Gras. Aber da spürte er, daß man auch diesem reinen Gedanken der Schönheit nicht nachhängen dürfe, daß dies nicht Tätigkeit war, sondern romantische Unfruchtbarkeit. Und er sprang auf und stellte sich in den Rhythmus der hohen Mächte, nahm seine Braut mit den weißen Brüsten und fügte sie diesem Rhythmus ein. Und es geschah große, reine, heilige Liebe aller Menschheit. Die Freude bannte er in seinem Herzen. Aber nicht rauschende Musik wie heut Morgen ging da auf in ihm, sondern ein ganz klarer reiner Ton, dem er mit erschreckter Verzückung lauschte. Das war der Stein der Weisen, der Blei in Gold verwandelte; das war das ewige Feuer, das alle Erze im nu durchläuterte! Das war der Ton aus Urtagen her! Das war der Ton, den auch der singende Fisch sang!! –

* *
*

Am Abend brachte Jula neben der Atzung zwei wollene Decken zur Kapelle. Und auch zwei kleine Kopfpolster.

Ihre Augen waren feucht. Und als sie ging, warf sie einen langen Blick auf den Geliebten.

Er folgte ihr. Und drückte draußen auf ihren schluchzenden Mund einen langen Kuß.

»Bald,« hauchte er, »bald – – –«

9

Als Jula in der Frühe des nächsten Tages vor die Pflanzung trat den Segen der Sonne zu empfangen und ihn demütig der Erde anzubieten aus ihrem Frauenleben heraus, geschah das mit einer besonderen Fröhlichkeit, über deren Ursprung sie sich nicht klar werden konnte. Schon angekleidet hatte sie sich mit einem festlichen Empfinden, ja, wenn sie weiter zurückfühlte, kam es ihr vor, als sei sie bereits mit einem königlichen Erlebnis im Hintergrunde erwacht.

Nachdem sie dem Pferdchen den Hafer und den Häcksel zugeschüttet hatte, ging sie daran das Kapellen-Körbchen zu besorgen. Und als sie daran war, die Milch in die kleine Kanne zu gießen, hielt sie betroffen inne. Denn dieser weiße Nahrungsborn erinnerte sie mit einem fühlbaren Ruck an den hellen Traum, den sie in der Nacht gehabt. Doch es war keine geschlossene Erinnerung, vielleicht war es gar kein geschlossener Traum gewesen. Nur ein weißes Bild hatte sich aus der Nacht in den Tag herübergehoben, ein Bild, das vielleicht nicht einmal ein Traum gewesen war, sondern nur eine Erscheinung zwischen Schlummer, Erwachen und wieder Schlummer, die sich merkwürdig und nachdrücklich über die Augenrinde gelegt hatte.

Die Erscheinung aber war so: in einem weißen Raum ohne Anfang und Ende stand der Geliebte ganz bar jeder Bekleidung; und sein Körper war ebenfalls weiß wie Schnee und schien hinüberzufließen in das weiße, helle Sein, das ihn umgab. Er stand ergeben, geduldig, und es waren keine Merkmale eines Geschlechts an ihm wahrzunehmen. Da trat aus dem flutenden Licht der Innige auf ihn zu, angetan mit einem weißen Umhang und auf dem Kopf einen weißen Turm. In Händen hielt er eine Krone aus blendendem Silber. Und diese Krone legte er dem erschütterten Jüngling lächelnd aufs Haupt. Und sprach hohe Worte, die Jula empfunden, aber vergessen hatte. Das Bild war verronnen. Schmerzhaft suchte sie sich dieser Worte zu erinnern. Es gelang ihr nicht. Sie klagte sich gleichgültiger Unachtsamkeit an.

Während sie die Milch in die kleine Kanne laufen ließ, erschrak sie vor einem Schatten, der am Küchenfenster auftauchte. Es war Jutt, der ihr freundlich zulachte und mit spaßiger Freude seine Nase an der Scheibe neugierig breitquetschte. Dann trommelte der Unbändige mit beiden Fäusten gegen das Glas, daß es zu zerspringen drohte und das freudig überraschte Mädchen herzusprang, um das Fenster zu öffnen.

Jula überkam es dabei beglückt, daß auch eine Glasscheibe noch Trennung war von Mensch zu Mensch, wie es hinwiederum auch Zustände gab, geben mußte, in denen schreckliche Entfernungen und dicke Mauern kein Gefühl von Trennung aufkommen lassen konnten.

»Wir brauchen heut kein Frühstück,« rief Jutt und streckte ihr die Hand entgegen. »Der Innige ist schon lange tiefer hineingegangen in den Wald, um sich mit einigen besonderen Baumgeistern zu besprechen. Das ist schon so ein Mann! Haha!!«

»Und ihr habt nichts gegessen und getrunken!« sagte Jula besorgt.

»Oh! Wir haben Brot gegessen. Es ist noch viel Brot da. Dann haben wir uns auf den Bauch gelegt und eine halbe Stunde den Morgentau von den Gräsern geleckt. Auch frischen Sauerampfer gab es auf der Wiese. Die Frösche ließ ich heute noch so weghopsen. Nächstes Mal werde ich sie greifen und ihnen ihre schmackhaften Beine ausreißen. Man darf so viel kostbares Essen nicht nutzlos umherhüpfen lassen.«

Jula schlug sich schüttelnd die Hände vors Gesicht und lief aus der Küche. Und da sie nicht ins Freie kam und Jutt nie mehr vor seiner Ehereinheit das Haus betreten wollte, begann er sich auf dem Hof umzusehen. Er öffnete Türen und Verschläge und sah hinein. Aber meistens enthielten die Gelässe Gegenstände, die auf diesem Anwesen nicht mehr gebraucht wurden. In seinem Sinne »lebendig« war nur die große Holzkammer und der Futterraum. Das Pferdchen wieherte ihn warm an und sah nach dem Wassereimer, der im Gange stand.

Das Geschöpf hat Durst – dachte er und nahm den Eimer, begab sich zur Pumpe und trug dann den Pferdewein in den Stall. Er hatte tiefe Freude daran, wie das Tier bedächtig das Wasser aufsog. Aber diese Freude wurde jäh unterbrochen

Hochrot im Gesicht kam Jula in den Verschlag gestürzt. Sie war aus irgendeinem Grunde tief verletzt – das sah Jutt sofort. Bald hätte er den Eimer fallen gelassen. Sie drängte ihn zur Seite, indem sie selber den Eimer ergriff.

»Verzeih schon, daß ich verzögert habe dem Pferd das Saufen zu geben,« warf sie spitz und gereizt hin. »Du wirst mich nie mehr zu erinnern haben!« Ihre kleine Wut kämpfte mit Tränen.

Jutt setzte sich ganz erstaunt auf den niedrigen Schemel, der im Gange stand, dachte mit verwunderter Neugierde diese lebendige Szene durch und erhob sich energisch.

»Liebe Jula,« sagte er leise, sagte es zitternd in der Stimme, »so wollen wir nie wieder im Leben handeln! Das muß unser höchstes Gebot sein! Einteilung von Arbeit ist Unsinn. Es sei denn, daß es zwei oder fünf Minuten vor dieser Arbeit geschieht. Und auch dann noch sind Ausnahmen gestattet. Wer davorsteht, faßt an. Faßt an mit der innigen Freude, mit der ich diesen Eimer zur Hand nahm. Eine Handreichung, die man dem geliebten Menschen, die man überhaupt einem Menschen abnimmt, darf nie aus dem Grunde entspringen diesem Mitmenschen einen Vorwurf in die Seele zu malen!«

Jula trat vor, ließ den Eimer fallen und sank an die Brust des Geliebten. Sie weinte und schluchzte.

»Ich bin so zerbrochen,« hauchte sie.

Jutt fuhr ihr derb mit der Hand übers Haar, nahm ihr Gesicht zwischen seine energischen Hände.

»Wir haben ein Boot. Und mit Rudern! Das hast du mir noch nicht gesagt! Laß uns das Boot auf den Teich bringen!«

Und Jutt sah zu, wie man ein Pferd aufschirrt. Er öffnete die Tür zum Gelaß, in dem das Boot auf einem niederen Wäglein stand. Es war ein treffliches Boot. Und Jula war mit Feuereifer dabei. Mit Hüh und Hott wurde es an den Teich hinuntergeschafft.

Doch es wollte nicht vom Wäglein ab in das Wasser rutschen. Zu heben zwangen es beide nicht.

»Schmierseife! Wenn man Schmierseife hätte,« sagte Jutt.

Jula lief schon.

Der Jüngling stallte inzwischen das Roß wieder ein.

Und endlich war der Kahn zu Wasser gebracht. Die Freude bezahlte die Mühe reich. Noch nie war Jula so auf dem Wasser gefahren, denn im Ausholen der Riemen war Jutt ein Meister. Er setzte sie so genau ins Wasser, daß es ganz lautlos war – und hob sie wieder herauf, daß auch nicht ein Spritzer oder Tropfen von der Breite aufgerührt wurde. Dabei schoß das Fahrzeug über die blanke Fläche dahin, als würde es von unsichtbaren Händen vorwärtsgestoßen.

Jula hielt achtern das Ruder. Der Jüngling freute sich, daß sie so sicher lenkte. Er fragte nach schönen Stellen im Oberlauf des Flusses. Das Mädchen nickte ihm glücklich zu.

Als sie den Teich verlassen hatten und zwischen den nahen Ufern dahinglitten, nahm Jutt von der Flußmitte erst wahr, in welcher schönen Landschaft er sich befand. Was Lieblicheres konnte es geben als dieses Bild vor seinem seligen Blick!? Ganz im Hintergrunde träumte die Wassermühle. Der Spiegel des Teiches erstrahlte im weißen Sonnenlicht. Und die Flußmündung war umrahmt von zwei Gruppen uralter Pappeln, hinter denen sogleich die Ufer begannen steil anzusteigen. Und dicht vor ihm saß das reizende Geschöpf mit den großen Augen des Wartens.

Es war ein warmer Tag. Wo sie Ausblick hatten auf eine Waldwiese zitterte die Luft. Er freute sich über die blumigen Matten. Hier *gab* es noch Blumen. Künstlicher Dung und Kohlenstaub waren noch nicht bis hier gekommen. Aus den ragenden Wipfeln rief der Vogel Bülow seine volle Melodie. Durch die kleinen Lichtungen ging der scheue Schritt verhoffender Rehe. Und aus der Ferne zählte ein Kuckuck fremde Jahre.

Nur etwas fehlte in dieser Landschaft, empfand der Jüngling. Der nackte, reine Mensch fehlte, der sie erst vollkommen machte.

Jula sah offenbar wenig von allem. Sie saß und sah schweigend ins Wasser. Recht hatte Jutt beobachtet. Sie saß mit Augen des Wartens. Alles an ihr war Warten. Und so groß war in Augenblicken dies Warten, daß es ihr Schweigen zu sprengen drohte. Und sie glaubte, sie würde sich darob hinterher bitter schämen müssen. Jeder Tag, der verrann, war für ihr Leben verloren. Denn immer drängender, kam es ihr vor, wurde das Bitten und Flehen der unerlösten Englein, die das Mutterherz herbeijammerten, darunter sie getragen werden wollten. Und wieviel denn konnte eine einzige Mutter wohl erlösen? Von dreißig Kindern, die eine Frau ausgetragen, hatte sie gehört. Und nun verging ein Tag nach dem andern. Sie wußte nicht, ob sie nah oder fern dem Ziel war. Diese Ungewißheit nagte in ihrer Brust. Es war so ein quälender, dumpfer und manchmal auch blanker Schmerz, an dem sie zu zerbrechen drohte. Und von diesem Zerbrechen hatte sie im Stalle ausgerufen. Der junge Mann hatte sie aber nicht verstanden.

Und doch war sehr klarer Blick in ihm. Denn sie fühlte ganz deutlich: er hatte erst den Beweis einer großen reinen Liebe zu erbringen. Um diesen Gegenstand hatte Tante Maria so lange zu Jula geredet, bis in das junge Mädchenhirn ein Grundsatz in furchtbaren Runen stand: Sinnenlust ohne den Hintergrund reiner Liebe von Herz zu Herz tötet das Edle im Menschen und bringt geistigen Tod . . . Und der Geliebte hatte ihr das bestätigt.

In einer seltsamen Bucht hatte Jutt die Riemen eingezogen und ließ den Kahn leise ans Ufer treiben. Haselgebüsch eiferte mit dem jungen Grün. Doch eine breite Stelle des Ufers, die sich zum Hügel hob, war ganz dicht mit frischen saftigen Brennesseln bewachsen.

»Das ist die Nesselschonung,« sagte Jula. »Eine Fabrik hat sie für lange Zeit gepachtet . . . Der Fluß hat einen großen Bogen gemacht. Gleich dort hinten ist die Kapelle.«

Sie schwiegen wieder . . . Aber nach einer Weile schluchzte das Mädchen trocken auf.

Jutt sah der Geliebten gespannt ins Gesicht.

Er wollte aufstehen, aber der Kahn stieß gegen das Land und schwankte.

»Hast du gestern abend gezwungen?« fragte sie gequält und hielt die Hände vor die Augen. Ein heiterer Strahl fiel ihm übers Gesicht und blieb darauf liegen.

»Ja, Jula. Ich habe so sehr gut gezwungen, daß ich glaube den Stein der Weisen, das himmlische Feuer und den Ton der Ewigkeit gefunden zu haben. Und du bist mitten dabei und darin. Es ist eine große, heilige, reine Gewißheit.«

Jula zitterte an allen Gliedern. Heiße Freude schoß ihr jäh in das Antlitz. Oh – sie konnten jetzt wohl vor den Innigen treten und ihn bitten um den gewaltigen Segen! Und er würde dann den Mund öffnen und das Geheimnis lösen, das ihn und Tante Maria umgab. Denn ein Geheimnis lag da verschlossen.

Jutt war an das Land gesprungen. Die ungewohnte Arbeit, der warme Tag hatten ihn heiß gemacht.

»Dieses ist unsere Badestelle,« sagte Jula.

Und der Jüngling die Jungfrau mit überraschter Freude anstarrend, rief aus: »Wollen wir baden!?«

Sie nickte ihm glücklich rasch mehrmals zu. Dann kehrten sie einander den Rücken und entkleideten sich. Fast zu gleicher Zeit sprangen sie in das flache Wasser und blieben dann doch wie in seliger Lähmung voreinander stehen – mit halb erhobenen Händen, mit weitgeöffnetem Blick, mit dem Ausdruck des Unwahrscheinlichen um den Mund. Beider Augen waren bis zum Rande mit Tränen gefüllt. Und plötzlich reichten sie einander die Hände entgegen und sahen sich mit dem zartesten Lächeln in die Augen.

Dann rann Jugend und Mutwille durch ihre glatten Leiber. Sie begannen sich im Wasser zu tummeln. Es war noch etwas kühl. Und sie brauchten heftige Bewegung, um nicht zu frieren oder frösteln. Und es war jedes Wunsch so lange wie möglich in dieser beseligenden Nacktheit beieinander zu bleiben. Als Jula dennoch zu frieren begann, eröffnete sie eine Wasserschlacht. Und diese wurde rasch so heftig, daß mitunter der eine den andern nicht sah. Das Mädchen fühlte bald, daß es unterliegen mußte vor dem leidenschaftlichen Rasen des Mannes. Da ging sie über zu einer so sicheren Verteidigung, die bald Offensive wurde. Denn mit abgezählten Hieben fing sie an das Wasser gegen Jutt in Bewegung zu setzen, in richtigem Takt, vollständig zielsicher. Und jeder Wassersturz klatschte so genau in die Augen des Gegners, daß dieser Schritt für Schritt nach dem Ufer entweichen mußte. Jula hielt im Gefühl des Sieges die Zähne aufeinandergebissen. Ihr Blick stand funkelnd und hart. Und als Jutt auf das Ufer sprang, verharrte sie einen Augenblick lang in der Haltung einer Wasserkönigin. Aber – nur einen Augenblick lang – – –

Denn über Jutt war der Zorn des Mannes und des Mannes Kraft gekommen. Er hob die Arme um mit stählerner Stärke sich aufs neue ins Wasser zu stürzen. Da sah er, wie Jula zurückwankte, wie ihr Gesicht der Ausdruck unsäglicher Angst und Qual überzog, wie ihre Augen dennoch nicht von ihm ließen.

Da – sah – er – an sich – herab! Und da erkannte er den Zustand der Erregung, aus dem heraus seine Kampfwut gewachsen war. Ein Schrei unbändiger Verachtung entrang sich seiner Kehle. Er wandte sich um. Sein Blick fiel auf den Hügel. Er lief ihn hinauf. Und von der Höhe herab ließ er sich den ganzen Abhang hinunterrollen, durch die giftige, saftgrüne Brennessel-schonung, mitten hindurch.

Jula schrie auf und lief ihm entgegen. Voll Pein und Schmerz sprang er auf. Von Blasen und Blüten war sein Leib übersät. Und auf Brust und Rücken blutete er aus mehreren Fleisch- oder Hautwunden. Dann stürzte er davon wie gehetzt und sah auch nicht einmal mehr zurück . . .

In der Kapelle sank er in die Arme des Alten. Der küßte ihn leise auf die Stirn, nahm den Krug mit Wasser und ließ darein aus einem Fläschchen ein paar Tropfen fallen. Vor der Tür goß er von diesem Wasser auf die Hände des Jünglings, der sich damit den Körper rieb. Und auch die Wunden wusch der Innige aus und strich dann eine Salbe darein. Und der Jüngling sah zu, wie sich die Wunden schlossen, wie die Nesselbeulen sich glätteten und verschwanden. Und als der Alte dann in den Rest des Wassers noch ein paar Tropfen fallen ließ und den großen Schluck Jutt zum Trinken reichte, spürte dieser ein Feuer durch seine Adern jagen, das ihm einen ungeahnten Schwung und neuen Lebensmut einbrannte. Dennoch wurde er aufs Lager geschickt, wo er sofort entschlief . . .

Erst am Abend erwachte er. Der Innige saß und schrieb mit einem Stift in ein Buch.

Da fuhr Jutt auf. Er hörte die Schritte Julas. Sie stand vor der Tür. Ganz rasch klopfte sie. Und eilig entfernte sich wieder das Auftreten ihrer bebenden Füße.

Der Innige ging hinaus. Das Körbchen brachte er herein. Und er wies mit der Hand Jutt zur Tür. In seine Decke gehüllt folgte er der Weisung. Und er erschrak draußen.

Da hing fein säuberlich sein kurzer schwarzer Anzug, hing neue Unter- und Oberwäsche, hing sein schwarzer Schlapphut, standen seine Lackschuhe mit einem Paar frischer weißer Strümpfe drin. Und auch die Krawatte, die aus der Rocktasche lugte, war schneeweiß.

Jula war im Dorf gewesen. Und da waren die Pakete angekommen. Und so eins fühlte sie mit ihm, daß sie geöffnet hatte und herausgesucht hatte eine Kleidung, in der sie ihn so gern zu sehen wünschte.

Trauliche Wärme rann ihm wie linde Milch übers Herz . . .

10

Sie lagen jeder auf einer der truhenartigen Bänke, die die beiden Seitenwände des Kapellenraumes einnahmen. Es war spät in der Nacht. Von Westen her fiel in Lichtbändern der matte Schimmer des mailichen Mondes schräg durch die bunten Fenster und gab dem Gezimmer einen milden Hauch freundlicher Schwermut.

Jutt konnte den Schlummer nicht finden. Sein Gehirn arbeitete wie ein galoppierendes Pferd. Immer neue Gedanken der Zukunft brandeten heran, wenn er sich glaubte ausgedacht, müdegedacht zu haben. Und in der Stille der Nacht nahmen die Gedanken alle so große umständliche Formen an. Wohl waren es etwa dieselben Gedanken wie sonst, doch ihr Umfang war von einer anderen überhöhten Art. Mitunter glaubte er wahrzunehmen, daß nicht er selber dachte, sondern daß mit ihm gedacht wurde. Das war ein peinvoller Zustand. Er kam sich dann auf seinem seltsamen Lager wie ein verschnürter Ballen vor, der sich nicht rühren konnte und durch den hindurch eine unbekannte Macht denken durfte, was ihr nur paßte. Er hatte nichts zu tun als stille zu halten. Dann stöhnte er auf, wischte sich mit der heißen Hand das eingebildete Netz von der Stirn und atmete wieder ruhiger in das Schweigen der Nacht hinein.

Und als er wieder von Zweifeln überfallen wurde, hauchte er ganz, ganz leise zu dem wie in Totenstarre liegenden Alten: »Schläfst du?«

Und langsam mit sanftem Schmelz kam die Antwort:

»Ich – schlafe – nie –.«

Jutt schrak auf. Was war denn das? Hier lag er neben einem Manne, der überhaupt keinen Schlummer fand, wo er selbst schon an dieser einen schlaflosen Nacht im Verstand verwirrt wurde!

»Aber man muß doch – jeder Mensch muß doch schlafen,« sagte Jutt.

»Es gibt Menschen,« sprach der Innige, »die schlafen immer. Und das tun fast alle Menschen auf dieser Erde: Sie schlafen auch dann, wenn sie mit offenen Augen durch den Tag laufen, ihren verzweifelten Geschäften nachgehen, essen und trinken oder fahren. Und auch bei ihren Vergnügungen schlafen sie sogar – bei Musik, bei Tanz, bei Becherklang – und bei dem anderen allen. Es ist erschütternd diese schlafenden Menschen handeln, lachen, tanzen, essen zu sehen . . . Aber es gibt auch einzelne Menschen, die niemals schlafen, die immer wach sind, und die auch dann noch wach sind, wenn sich ihr Körper in Schlummer zu befinden scheint. Man kann dies jedoch nicht Schlaf und nicht Schlummer nennen, denn sie sind im Gegenteil von besonders geschärfter Wachsamkeit. Auf daß sie den Stricken und Angeln des Fürsten dieser Welt nicht zur Beute fallen und durch ihr Wachsein auch schwache Seelen vor der Verstrickung schützen können.«

»Dann störe ich dich, wenn ich rede,« fragte Jutt besorgt.

»O nein . . . Ich vermag hier zu leben und zu reden und anderwärts zu handeln und Bewegung zu machen,« war die schlichte Antwort. »Niemand vermag mich zu stören. Und ich habe immer Zeit.«

Und nach einer Weile tiefster Überlegung wagte Jutt die Frage: »Muß denn ein Mensch in Ehe treten?«

»Ja – jeder Mensch auf dieser Erde muß in die Ehe gehen. Das ist oberstes Gesetz für die Menschheit. Ein Mensch, der ehelos gestorben ist, hat seinen Zweck in diesem Leben nicht erfüllt. Er muß es bitter büßen.«

»Die Krüppel aber – und die Menschen mit zerrissenen Organen –«

»Auch diese sollen in die Ehe treten. Und gerade sie vermögen es am frühesten die wahre Ehe aufzurichten – – denn ihre Lust hört früher auf zu stöhnen . . .«

»Doch der Weise,« beharrte Jutt, »der Christus, er hatte keine Ehe, wie geschrieben ist . . .«

»Ich weiß es nicht. Doch gehen alte Sagen, daß Maria seine Frau gewesen sei. Und wo gute Menschen auf der Erde sind, lebt die Kraft seines großen Samens in den Nachkommen wieder auf.«

»Eine schöne Legende . . .« Jutt schwieg. Er dachte nach, ob er den Innigen wohl fragen dürfe, wie er es selbst im Leben mit der Ehe gehalten habe. Aber er beschloß zu schweigen und es einem späteren Zufall zu überlassen die Wahrheit zu erfahren.

»Ja – auch ich, auch ich hatte eine Ehe,« begann der Alte leise zum glücklichen Erstaunen Jutts. »Das ist zwanzig Jahre her,« fuhr er fort, »und sie war sehr kurz – meine Ehe.«

Und als er wieder eine Spanne geschwiegen hatte, hub er an leise und langsam zu erzählen. Jetzt fiel ein Mondstrahl durch eine kleine blasse Raute und beleuchtete die Gestalt, die ausgestreckt auf dem Rücken dalag, wie eine Bildnerei auf einem Sarkophag. Das ebenmäßige Gesicht war weiß wie Marmor – und der weiche Bart lag kurz auf der Brust.

»Einen Augenblick in meinem Leben,« begann der Alte mit langsamer, leiser Stimme, »hatte mich die Welle des Ruhmes erfaßt und hoch auf ihren Rücken genommen. Ich war von Kindheit an ein Geigenspieler. Und in den Jahren meines gefährlichen Wanderns hat sie mich schlecht und recht ernährt. Ich machte Musik wo es gerade nötig und nicht nötig war. Und für den Fiedelreißer fällt schließlich immer wo was ab. Aber neben dieser Musik, die keine Musik war – wer wird denn das große Wort so in den Kot drücken – machte ich doch auch richtige Musik, so ganz für mich allein, wenn ich weit von den Menschenwohnungen war. Ich hatte im Sack ein paar Noten. Etwas Bach, etwas Mozart, etwas Beethoven. Und dann noch so verschiedene kleine harmlose, aber sehr innige Sachen. Die spielte ich alle für mich ganz allein. Und da ich das jahrelang tat – und mit Fleiß tat – und nicht abließ immer reineren Ton in die Melodien zu bringen, muß das wohl auch in mein banaleres Spiel eingedrungen sein. Doch die Kneipen, wo ich musizieren sollte, waren mir zuwider. Ich hielt mich an die Hochzeitsbauern und kleinen Leute, denen ich gern zum Tanz aufspielte und deren Groschen mir lieber waren als die Goldstücke der ungesunden Lusthäusler . . .

Eines Tages war ich wieder einmal am Ende meines Lebens. Schuh und Strümpfe waren zerrissen und durch die Hosen pfiff der Wind. Der Winter wartete im lastenden blauen Gewölk. Die Straßen, Wege, Felder, Wälder waren durch die wochenlangen Herbstregen aufgeweicht. Meine Geige sang nicht mehr so recht. Denn im Herbst bekam sie auf der Landstraße die Feuchte. An jenem Tag setzte ich mich auf einen Hügel, von dem aus man die große Provinzstadt übersehen konnte, vor der ich nun stand und nicht wußte, ob dort eine Tür sich meinem zerbrochenen Blick öffnen würde. Ich glaubte es nicht. Und in dem Schmerz meiner Verlassenheit, im Bewußtsein ausgestoßen zu sein, griff ich noch einmal zu meiner Violine und ließ in den Musikstücken, die ich liebte, meinen ganzen Kummer und Lebensschmerz aus. Wie lange ich gespielt, wußte ich nicht. Aber es begann zu regnen, als ich aufhören mußte. Da legte mir jemand die Hand auf die Schulter. Ich erschrak. Ein riesiger Mensch stand vor mir, sehr gut aber flüchtig gekleidet. Er starrte mich eine Weile an. Dann schüttelte er den Kopf und sprach: ›Und sowas läuft hier einfach in der Landschaft herum. Kommen Sie mit. Wir gehören ja zusammen.‹

Seinen Namen nannte er mir. Er war der größte Meister des Klavierspiels seiner Zeit. Ich erschrak. Und ich gedachte doch irgendwo an einer Straßenecke auszurücken. Aber er brachte mich in ein Hotel und schloß mich ein. Nach einiger Zeit kam er mit einigen Schneidermenschen wieder, die sich um mich bemühten. Es kamen Schuhe, Strümpfe. Kurz – es kam alles, alles, was ich noch nie besessen hatte. Ich aß und trank. Und dann fuhren wir in einen gewaltigen Saal. Dort gab er mir ein Geige. Die war so zart wie eine Jungfrau. Und auf dem Notenpult vor mir standen die nagelneuen Noten der Sachen, die ich draußen vor der Stadt gespielt.

Der berühmte Geiger, das erfuhr ich erst am Abend nach dem Konzert, war plötzlich erkrankt. Der Klaviermeister, der auch ein großer Rechner war, wollte unter allen Umständen spielen. So bekannte er sich rasch zu meinem Programm und belegte mich mit einem fremdländischen Namen. Der Erfolg war ungeheuer. Ich bekam eine schöne Brieftasche mit lächerlich vielem Gelde. Und so begann ein Zigeunerleben durch Europa, ein Taumel von Saal zu Saal, ein richtiger Taumel, der kein Erwachen kannte. Nur manchmal des Nachts riß es mich hoch aus traumgepeitschtem Schlaf. Dann fiel eine namenlose Unruhe über mich, eine unerklärliche Angst, daß mir irgend etwas fehle, daß ich irgend etwas versäumt. Qualvoll blickte ich in die Finsternis. Das Herz drängte mit dumpfen Schlägen ganz hoch nach dem Hals. Damals, in einer solchen furchtsamen Nacht, zwang sich mir ein Gedicht auf, das ich niederschrieb. Doch ich weiß nicht, ob ich sein Verfasser bin, oder ob ein fremder reiner Geist mir es zuraunte. Denn ich bin kein Dichter.

> In der müden Nacht
> hör ich wohl ein Hexlein rufen.
> Bin erwacht.
> Mondlicht zittert Silberstufen.

> Singsang schwillt.
> Aber niemand tanzt im Zimmer.
> Nur ein Bild
> quält mich nimmer.

> Träne tropft.
> Warme Wehmut an den Wänden
> klopft
> bittend an mit fernen Händen.

Seit dieser Nacht hatte ich keinen anderen Wunsch mehr, als mich von meinem Taumeldasein zu wachem Leben zu erretten. Denn es war ein Pseudodasein, ein krankes, afteriges Blühen unter einem Pseudonamen. Aber wo ich auch hinsah – einen Ausweg vermochte ich nirgend zu erkennen.

Da wurden wir einst aufgefordert in der Familie eines Mannes zu spielen, der uralt adligen Geblüts war. Er hatte nur ein Kind, eine Tochter, die, tief religiös veranlagt, den eingehämmerten Willen hatte in ein Kloster zu gehen, um durch solche Abgeschiedenheit auch nach außenhin den innerlich längst vollzogenen Abbruch aller noch vorhandenen schwankenden Brückchen, die nur noch schmale Brettchen nach dem Diesseits waren, vorzunehmen.

Untröstlich waren die hohen Eltern und versuchten das Erdenklichste, um den Sinn der Jungfrau auf überkommene Bahnen zu lenken. Und da unser Spiel und unser Name, derjenige des Klaviermeisters und mein falscher Name, im Zenit des Ruhmes standen und man unserer Kunst nachsagte, sie sei der Quell einer neuen Lebensbejahung, so war es natürlich, daß der unglückliche Vater nach diesem letzten Anker griff. Und falsch gegriffen hatte er sicher nicht. Er hatte irgendwie zu gut gegriffen.

Mein Lebenlang werde ich so das blasse schöne Fräulein eintreten sehen in den wundervollen Saal. Fast hätte ich das kostbare Instrument zu Boden fallen lassen. Zum Erstaunen der wenigen Anwesenden kam die schlanke Schöne mit großen, runden, erschreckten Augen ganz langsam auf mich zu. Ich konnte den Blick nicht wenden. Und als sie ganz nahe war und sich nach einem Sitz umsah, den sie nicht fand, räusperte sich ihre Mutter und sprach mit einem kalten Klang in der Stimme: »Da hörst du ja nichts! Hier – hier ist ein Sessel für dich.«

Und die Jungfrau ging zurück, zog den Sessel ganz zur Seite und ließ sich zögernd nieder, so daß sie eine Lehne in der Hand behielt, um womöglich gleich aufspringen zu können.

Ich aber spürte, daß ich langsam erwachte. Schicht für Schicht fiel etwas von meinem Herzen ab. Und was dahinsank, waren Schemen, steife Formen, kalte Hölzer und Metalle, die mich seit vielen Jahren umstellt gehabt hatten. Etwas nie Empfundenes brach meine Brust auf. Und ich spielte, spielte wie noch nie. Dem Klaviermeister schwoll die Halsader. Ich sah ganz kalt, wie die Wut in dieser Ader pochte. Denn seine große Technik brach vor dem, was ich gab, mit ganzer Seele geben konnte, zusammen. Ich fühlte nur zu deutlich, daß sich unsere Wege bei der allernächsten Straßenkreuzung trennen würden. Oh – und er war doch der Festere im irdischen, materiellem Sattel. Es konnte ihm vielleicht gelingen, mich jetzt noch zu zertrümmern.

Als er am Schluß des Konzerts aufstand und mir die Noten hinwarf, damit ich sie zusammennähme, durfte ich den ersten Grad seiner Verachtung spüren. Der Gastgeber drückte ihm warm die Hand und bedankte sich bei mir mit einer kühlen Verbeugung, indem er mir ein Kuvert reichte, das ich nicht weniger vornehm auf den nächsten Stuhl warf, um mich nicht mehr darum zu kümmern.

Ein Abendessen sollte sich anschließen. Ich aber nahm meine Geige, verabschiedete mich sehr kurz und verließ rasch zur sichtbaren Erleichterung der Gesellschaft das Schloß. Am Gartenportal blieb ich stehen. Da hörte ich schnelle Schritte hinter mir. Ein zarter Arm legte sich auf meine Schulter.

›Wohin gehen Sie jetzt, Kaserrie?‹ fragte mich die sanfte Stimme der Jungfrau.

›Ich heiße nicht Kaserrie,‹ antwortete ich schroff.

›Der Trommler sagte es schon unseren Herrschaften,‹ redete sie bitter.

›Nun gut, dann gehe ich jetzt irgendwo in die Nacht hinein! Es bleibt sich gleich!‹

›So gut spielten Sie nie?‹ fragte sie wieder sanft.

›Vielleicht . . . Früher, früher . . .‹ Ich sprach es mit gebrochener, tränenerstickter Stimme, hinter der ich eine große Freude aufstehen fühlte.

›Gelt,‹ rief die Jungfrau, denn sie war eine Süddeutsche, ›so werden Sie jetzt immer spielen, immer, immer . . .‹

›Wenn – wenn Sie dabei sind – – –?‹

Aber diese Frage meinerseits quoll nicht aus dem ganzen Herzen. Es war streng verhüllte Bitterkeit darin, unheimlicher Zorn, der sich schadenfroh versteckte.

›Noch einmal, Kaserrie, wohin gehen Sie jetzt?‹ Kam abermals die erste Frage, sehr genau, eigentümlich genau. Sie kam aus einem verzweifelt entschlossenen Munde.

›Ins Gasthaus,‹ sagte ich. Vielleicht sagte ich es *nicht*. Ein anderer sprach für mich, denn ich fühlte, daß ich willenlos war. ›Eine Rechnung bezahlen. Und dann gehe ich hinaus in die Nacht. Immer weiter hinein in das Dunkel, wo es ja schließlich doch einmal helle werden muß auf dieser schlimmen Erde. Und ich komme niemals zurück zu den Menschen.‹

›In einer Stunde erwarten Sie mich hier!‹ rief mich die seltsame Jungfrau streng an. Und sie lief. Ich war allein . . .

In dieser Stunde trank ich eine Flasche Burgunder. Das war nicht gut. Obwohl ich sie in meinem Leben nicht missen möchte – diese Flasche Burgunder! Sie machte mich keineswegs betrunken, sondern sie regte mich sehr an. Und wenn ich in dieser Stunde ganz nüchtern gewesen wäre – – ich glaube, daß ich mich starrsinnig an ein dumpfem Geschick verloren hätte . . . Seit jener Zeit mag ich die Superklugen nicht, die jeden Genuß ausschlagen, weil sie dadurch selig zu werden vermeinen; denn eine aufmerksame Stimme ist in allen Menschen, die ein unweigerliches Halt gebietet. Mögen sie alle lernen an dieser Warnungstafel in sich zu gehen oder an ihr schmerz- und schicksalbewußt vorüberzuschweifen . . . An dieser allgemeinen, sehr spezifizierten Warnungstafel ist genau die Sendung jedes einzelnen Menschen abzulesen: er zählt entweder zu den Kalten, oder er zählt zu den Warmen – – oder gar er zählt zu den Lauen, die auf der Zunge scheußlich schmecken . . .«

»Aber die da warm sind werden heiß!« schrie Jutt jetzt auf und erhob sich drohend mit emporgereckten Armen von seinem Lager. »Und die Hitze versengt sie, daß sie des Satans werden!!«

»Die da aus der Wärme sich zur Hitze steigern,« kam sanft und fern die Antwort her, »werden wieder kalt vor Sehnsucht nach der Kühle. Wenn sie in der Kälte sind, werden sie wieder nach der Wärme streben. Und dann werden sie in der Wärme bleiben, da sie in Eis und Hitze endlich nicht zu dauern vermögen. Denn sie wollen *das Fruchtbare*, das weder kalt, noch heiß, noch lau ist . . . Denn das Fruchtbare ist das milde weiße Feuer . . .«

Und nachdem eine große Weile Schweigen geherrscht hatte im milchig erhellten Raum, begann der Innige wieder seine langsamen Sätze zu sagen.

»Als ich mich zur angeregten Zeit dem Schlosse näherte, trat die Schöne plötzlich aus einer Mauernische vor, griff meine Hand und sagte: ›Kommen Sie.‹

Wir gingen rasch die Parkmauer entlang, bis wir an eine kleine Tür kamen, die in der Dunkelheit gar nicht zu sehen war. Die Rätselhafte schloß mit einem kleinen Schlüssel, den sie bei sich trug, auf, aber nur um Pelz und Mütze dahinter hervorzuholen, die sie hier verwahrt hatte.

Meine Freude war sehr grimmig. Denn ich freute mich, daß ich dem hohen Herrn die Tochter wegnahm. Wenn er jetzt noch die Wahl hätte zwischen der Kirche und mir, so würde er sich gern für die Kirche entschließen. Aber ich freute mich auch, daß ich diesen netten Fang der Kirche ausspannte. Ich freute mich über alles mögliche, nur über diese seltsame Frau freute ich mich nicht. Mein Bewußtsein hatte sich ein wenig verlagert. Denn der Augenblick, in dem sie im Musiksaal mir entgegengekommen war, begann mir unklar zu werden. Ich versuchte ihn als eine irre Seite dieser Dame auszulegen. Daß er Anstoß und Ereignis himmlischer Gewalten war, wurde mir erst viel später offenbar – als das nichts mehr nützte.

Wir gingen sehr rasch kleine und schmale Gassen entlang. Es mußte uns wohl anzusehen gewesen sein, daß wir uns auf einer Flucht befanden. Ich hatte nur meine Geige. An das andere dachte ich nicht.

›Wo kommen wir da hin?‹ fragte ich einmal. ›Ich kenne die Stadt nicht.‹

›Das ist doch alles gleichgültig,‹ bekam ich zur Antwort.

Gewiß war das gleichgültig. Dann blieb sie stehen und sah mir im Schimmer einer Lampe ins Gesicht.

›Vielleicht wollen Sie doch noch zurück?‹ fragte sie mich.

Die Schönheit und Reinheit ihrer Züge regten mich auf.

›Nicht zurück!‹ rief ich aus. – – ›Aber wohin?‹

›Immer weiter hinein in das Dunkel, wo es ja schließlich doch einmal irgendwo anfangen muß helle zu werden auf der schlimmen Erde‹ – sagte sie. Und ich erinnerte mich betroffen meiner vorherigen Worte.

Auf einem öden Platz stand eine Droschke mit einem Pferde bespannt. Meine Führerin sagte: ›Befehlen Sie dem Manne uns nach Neuburg zu fahren.‹

Und wir fuhren. Es war ein alter Kutschwagen, fast ganz zu schließen und mit einer riesigen Pelzdecke. Wir kuschelten uns ein, schmiegten uns aneinander und hielten uns bei den Händen. So kamen wir in die große Nacht hinaus. Wolken segelten unterm Monde, schwere dunkle Wolken, und machten die Landschaft in schneller Abwechslung hell und dunkel.

Der Fuhrmann konnte uns nicht sehen. Und da haben wir uns sehr geküßt. Dieses Küssen war viel schöner, als es mir früher anderwärts in Erinnerung lag. Ich nahm an, daß es die Herkunft der Geliebten war, oder das Gefühl einen tollen Streich zu begehen, oder weil man so in einem Wagen schaukelte und gerade der erste Schnee des Winters in großen Flocken zu fallen begann. Es war wirklich schön. Vielleicht war das die schönste Stunde meines Lebens. Auch der Schneeflocken wegen. Ich habe eine merkwürdige Liebe für die ersten Schneetage des Winters. Und dann küßte dieser Frauenmund auch so seltsam warm. Er küßte zum ersten Male. Und ich glaube auch seit jener Stunde, daß uns Menschen diese Technik eingeboren ist . . .

Neuburg war der Kreuzpunkt vieler Eisenbahnen. Der Zug, mit dem wir fahren wollten, ging erst in zwei Stunden. Und da wir glücklich waren, gingen wir in ein Kaffeehaus, daraus Musik erklang. Es war gerade der Weinabend, den sich die Spitzen des Städtchens jeden Monat leisteten. Die jungen Damen tanzten mit eben solchen jungen Männern. Es sah klein aber nett aus. Und man verwehrte uns nicht den Zutritt; man ließ sich kaum besonders stören.

Wir saßen und sahen dem Tanz zu. Und nun hatte ich zum ersten Male Gelegenheit, das Gesicht meiner Schönen zu betrachten. Es war von der Blässe des Marmors. Zwischen den dunklen großen Augen, in denen ein zehrendes Feuer glomm, begann die betörend zarte Wurzel einer edlen Nase. Über dem Munde lag jene Vorsicht des Lächelns, die scharfsinnigen Frauen zu eigen ist. Ihr Körper war schlank, aber von gewaltiger Linie. Und dieses große Menschenleben hatte sich in meine Hände gelegt. Ich war erschüttert und drohte verlegen zu werden. Da fragte ich sie, ob sie auch tanzen könne. Sie konnte es. Aber ich hatte nie Gelegenheit gehabt mich mit dieser Kunst oder Kunde zu befassen. Sie bedauerte das, denn sie hätte gerade jetzt so sehr gern getanzt, nachdem sie es seit vielen Jahren nicht mehr getan hatte. Ich regte sie an, einem der jungen Leute, die sehr vornehm und zurückhaltend waren, einen kleinen Blick zu schenken. Ich würde hingehen und für sie einen Walzer spielen.

Es geschah. Die Kapelle machte keine Schwierigkeiten. Ich behielt nur den Klavierspieler. Und dann begann ich diesen kleinen, schönen, oberflächlichen Walzer zu spielen, der ›**Loin du bal**‹ heißt und für den ich seit meinen jungen Jahren eine Schwäche habe. Ich spielte ihn stets in der Dämmerung, wenn der erste Schnee fiel und auf den Straßen die Stiefel und Pferdehufe nicht mehr klapperten. Mir war dann immer so weich und lieblich und lockend zumute. Und gerade das schien mir das einfältige Stückchen zum Ausdruck zu bringen.

Ich spielte. Und es war für mich sehr schön, was ich da spielte. Und auch für die Menschen war das schön. Sie hörten zunächst nur zu und machten freudige und erstaunte Gesichter. Aber dann hatte meine Holde sich einen Prachtkerl geholt. Und das Paar begann zu tanzen. Andere folgten. Noch nie hatte ich so schönem Tanz zugesehen – – –

Es war übrigens das letztemal, daß ich tanzen sah . . .

Dann gingen wir durch den weichen Schnee nach dem Bahnhof und fuhren nach einer fremden Stadt, wo wir uns aufhalten wollten. Praktische Gedanken hatten wir nicht. Es war, als hätten wir uns dem Schicksal in die Hand gegeben. Und ich spürte es in späteren Jahren deutlich, daß wir nur getrieben waren von dem Wunsch, dasjenige, was für dieses unser Erdenleben unentrinnbar war, so rasch wie möglich hinter uns zu haben, um das dumpfe Müssen von der Brust abstoßen zu können und den ferneren Lebensweg endlich vor dem ungehemmten Schritt zu sehen.

Und so kam ein namenloses Glück über uns, das viele Wochen währte. Aber dieses Glück war ein getauschtes Glück. Denn sie, meine Holde, liebte mich und gab mir und beglückte mich. Ich aber liebte nicht, sondern sah nur den schönen Leib und nahm ihn, nahm ihn immerzu, und ich gab nichts zurück. Ich wollte Freude haben, unbändige Freude; aber ich dachte auch nicht einmal daran der Schönen Freude wiederzugeben. Wohl merkte ich, daß sie langsam trauriger wurde. Und als sie mich einmal fragte, warum ich denn mich nie ihr schenke, begriff ich sie gar nicht. Ich begriff es einfach nicht – und wer von allen Ehemännern dieser Erde begreift es überhaupt – daß der Mann nicht nur Nehmer sein darf, sondern genau so Schenker sein muß, wie die Frau Schenkende ist . . . So aber war ich einseitig Nehmer – und also ein Großexemplar abgefeimter Selbstsucht.

So kam es, wie es kommen mußte und wie das unglückliche Weib es vorausgesehen. Als meine Selbstsucht aus der Süßen ausgesogen hatte, was zu saugen war, wollte ich sie selbstverständlich fortwerfen. Und als sie diesen Zeitpunkt erspürte, geschah das Ungeheuerliche.

Sie trat nahe an mich heran. Und ich sah zum ersten Male wirklich in ihren tiefen, unendlich tiefen Blick. Und da erschauerte etwas in mir, das mich auf meinem Stuhl zusammensinken ließ. Ich hatte ›Leben‹ gesehen, ›Leben an sich‹ hatte ich gesehen! Ganz lebendiges Leben!! Und alles, was ich bisher gesehen hatte, war gar nicht Leben gewesen, sondern Schlaf, Taumel hirnlose Bewegung, Rennen und Schreien, aber nicht Leben, Leben an sich war das alles gewesen!

Nun war doch alles gut geworden! Vor dieser hohen Frau konnte ich fürder nur in Demut verharren!

Aber da sprach sie leise und bestimmt: ›Du bist nicht adlig! Du bist vom Pöbel!‹ –

Und als ich aufspringen wollte, zwang sie mich mit einer Handbewegung auf den Sitz zurück. Denn diese Handbewegung drückte so ohne alle Einschränkung ihr ganzes Frauenempfinden aus, daß ich hoffnungslos davor zusammenbrach.

Und sie verließ mich mit einer Hoheit, der ich nichts auf Erden zur Seite zu stellen habe.

Das war das Ende.

An jenem Abend in Neuburg hatte ich das letztemal gespielt. Mit meinem Gelde gründete ich auf den großen Mooren einer fremden Provinz Siedlungen. Dort lernte ich auf einer anderen Saite zu spielen. Ich bin kein schlechter Spieler . . . Und Arbeit ist unheimlich süß – wenn man ihren Sinn begriffen hat . . .«

Jutt weinte schon eine ganze Weile. Jetzt zog er sich rasch die Decke über den Kopf, um sich nicht zu verraten. Und es dauerte lange bis er sich beruhigt hatte.

Und er hielt sie nicht aus, die Ungewißheit. Flüsternd und doch mit dem Beben eines wehen Herzens fragte er: »Und kam sie niemals wieder?«

Und die furchtbare Antwort kam: »Ich habe sie nie mehr gesehen . . .«

Alles stürzte über Jutt zusammen. Zweifel ungekannter Größe schlugen auf ihn ein. Er sprang auf, hüllte sich nur in seine Decke und lief hinaus in die Nacht.

Aber diese Nacht war unwirklich und ließ kein Denken und kein Rechten zu. Alles war plötzlich lebendig geworden im Walde. Es lief und huschte von Baum zu Baum, von Busch zu Busch. Seltsame Stimmen kamen getragen vom Flusse her. Das mochten die klagenden Rufe unerlöster Undinen sein. Und aus dem Hügel hinter den Eichen klang es, als ob mit kleinen Hämmerchen auf feinem Metall emsig gepocht würde.

Und auf einmal sah Jutt vor sich einen Wicht stehen. Der war zwei Schuh hoch und von einem Äußeren, das tatsächlich an die Märchenbücher der Jugend erinnerte. Aber dieser Mann hatte einen traurigen Blick.

»Siehst du mich?« fragte der Wicht.

Jutt verneigte sich tief.

»Das ist so selten geworden,« sagte der kleine Mann. »Tag für Tag und Nacht für Nacht fragt man die Menschenkinder seit Jahrhunderten. Aber niemand antwortet – niemand also hört und sieht uns noch. Es wird jeden Tag schlimmer mit den Menschen.«

»Seit wann denn sehen euch die Menschen nicht mehr?« fragte Jutt vorsichtig.

»Seit es dem schwarzen Fürsten gelang den Menschen das Bierbrauen zu zeigen,« war die Antwort.

»Und nun ist euer Werk klein geworden?«

»Oh,« und die Augen des Wichtes funkelten. »Wir sind die Bringer des Glücks und sind die unerbittlichen Strafer ungetreuer Liebe!! Denn auch wir wollen einmal Menschen werden. Und wir sind es müde seit Jahrtausenden diese heiligen Bäume wachsen zu lassen . . .«

Und das böse Männchen lief hinweg. Aber es lief behutsam und im Zickzack und in langen Bogen, als verfolge es einen vorgezeichneten Weg und als sei rechts und links von diesem unsichtbaren Wege alles undurchdringlich für den kleinen Geist verbaut.

11

Jutt hatte am nächsten Morgen, als er am Flußufer stand und in den Wasserspiegel blickte, entdeckt, daß sein Gesicht ihm völlig fremd geworden war. Ein leichter dunkler Flaum hatte sich ihm um Kinn und Backen gelegt. Aus seinen Augen, die tief geworden waren, sprach ein Blick des Leidens. Er erstaunte ob solchen Aussehens und erinnerte sich, Menschen eines ähnlichen Äußeren gesehen zu haben. Und wenn er genau nachdachte, was für ein Empfinden er solchen Personen entgegengebracht hatte, so mußte er sich sagen, daß das ein Gefühl von unerklärlicher Zuneigung gewesen war – teilzuhaben am fremden Geschick und sich aus ganzer Seele mit einem Verstehenden aussprechen zu können – einsam, verloren steuernd im rollenden, wogenden Meer der Menschheit.

Dann ging er zur Kapelle zurück und begann sich sorgfältig anzukleiden. Er gedachte Jula damit einen besonderen Gefallen zu tun.

Der Fremde, der Innige, den die Menschen also einmal Kaserrie genannt hatten, war schon fortgewesen. Jetzt kam er wieder. Und der junge Mann schämte sich, daß er sich des dummen falschen Namens erinnerte, wie ein Menschlein, das für alles Ding und Wesen auf der Erde einen Namen haben muß und das dies Leben vor Angst und Ungewißheit nicht ertrüge, wenn es im Dasein etwas gäbe, das nicht mit Namen zu benennen wäre, Schild, Zahl und Artung auf der Stirne hätte.

Dennoch vermochte er es auf einmal nicht ein peinliches Gefühl zu unterdrücken. Und als er darob prüfend auf den Innigen sah, schlug ihm eine höhnische Faust jähe Zweifel in die Brust. Denn aus diesem edeln Gesicht war über Nacht die Fratze eines Satyrs geworden. Da schienen alle Laster der Welt in diesen Zügen, Falten und Grimassen zu spielen. War das denn möglich? Und wie konnte man das begreifen! Freilich – die Erinnerung an die furchtbare Zeit der Lust mochte nicht ohne Eindruck geblieben sein. Der ewige Schmerz über die unerkannte Liebe konnte zur Verzweiflung treiben. Und wo mochte die fremde Frau geblieben sein? Dieser Mann hatte doch durchaus kein Mittel unversucht gelassen Nachricht von dem Schicksal der Unglücklichen zu erhalten. Und ein starker Trost stand in Jutt auf: er hatte Lebendigstes erfahren und gelernt; seine Ehe konnte nicht mehr an solchen Aufwallungen und Gefühlen scheitern. Er hatte die Wasserprobe und hatte die Feuerprobe bestanden. Er würde Jula heilig halten und nie von ihrer Seite weichen.

Aber er erschrak. Was sagte denn da der Innige plötzlich? Hatte er richtig gehört?

»Dieser dumme Stutzer will das Mädchen haben?!«

Hatte das der Mann tatsächlich ausgesprochen? Er mußte sich verhört haben. Es konnte nicht anders sein. Aber da! Nochmals!! Schärfer betont: »Dieser dumme Stutzer will das Mädchen nehmen!!?«

Stutzer – hatte er gesagt!! Jutt riß es herum. Er starrte auf den Sprecher, der auf und ab ging. Da war kein Zweifel möglich: dieser Mann war verrückt geworden, oder er war bis heute ein teuflischer Komödiant gewesen, der plötzlich seine Rolle nicht mehr weiterspielen konnte.

Mit zitternden Fingern beendete Jutt das Ankleiden. Dann richtete er sich straff hoch und warf einen Blick ohne Scheu auf das Gesicht des wandelnden Mannes. Der ließ auch sein Auge ganz kurz in diesem Blicke ruhn. Aber Jutt empfand, daß dies mit einem Unmaß von Verachtung geschah, zumal gleich wieder ein Satz durch den Raum flog: »Was der Junge sich einbildet!«

Der junge Mann schwebte zwischen Furcht und Zorn. Denn sein Zorn war so groß, daß er den Alten hätte zerreiben mögen, aber die Furcht war größer, die Furcht davor, daß er dann sich selbst verlieren würde und alles, alles verlieren müßte – Jula, die Pflanzung, ach! seine ganze Zukunft und alles, was in ihr ruhte! Und so nahm er sich in jedem Gliede zusammen, trat auf den Mann zu, legte ihm heftig die Hand auf die Schulter, und sagte sehr fest: »Sei vernünftig, lieber Mensch! Die Nacht hat dir nicht gut getan.«

»Die Hand weg!!« schrie der Angeredete, schrie es mit einer Stimme, wie Jutt sie so scharf und schneidend noch niemals im Leben gehört hatte. Er hatte bei dieser schneidenden Kälte des Befehls im Geist einen blauweißlichen Eindruck. Und blitzartig riß er auch seine Hand zurück. Ihn schoß zudem ein Blick an, in dem der helle Zorn eiskalt brannte.

Und mit derselben Kälte, die Jutt bis in die Zähne hinein gefrieren machte, befahl der unerklärliche Mann das Furchtbare: »Jula hat heute im Laufe des Tages zu mir zu kommen! Hierher! Und nackt! Ganz nackt! Ohne Bekleidung wird sie allein in diese Kapelle kommen!! Du wirst sie schicken!!«

Jutt wankte wie unter einem Keulenschlag rückwärts zur Tür. Dann raffte er sich und gab ganz unvermittelt einer sinnlosen rasenden Wut Raum.

»Irrsinniges Tier!!« brüllte er auf mit einer unmenschlichen Stimme. Für Sekunden schloß er die Augen. Schwarz und rot zuckte es ihm vor dem inneren Blick. Mit knirschenden Zähnen spreizte er die Hände; wie ein Krampf krallten sich seine Finger. Und wie er die eingekniffenen Lider öffnete, um seiner Wut das gewollte Ziel zu gestatten, ließ er doch kraftlos die Arme sinken.

Denn der Alte kauerte vor dem Altar – in einer so abgeschlossenen Haltung seiner Gestalt, daß es unmöglich war ihn von außen anzurühren.

Und Jutt ging auf ihn zu. Aber seine Knie zitterten, und er vermochte es nicht sie durchzudrücken. Er beugte sich tief zu dem Verschlossenen hinab und versuchte in dessen Gesicht zu sehen.

»Nicht wahr! Du sprachst irre, Inniger!« sagte er beinahe warm und bittend. »Ich weiß, ich sah es ja. Und auch Jula sah es: dir gefällt mein Mädchen. Und durch die Erinnerung in dieser Nacht ist das wilde Begehren über dein mönchisches Leben gestürzt.«

»Wenn ich dir wert bin, daß du mich heilest und rettest, so tue was ich dir anbefahl!« Hohl und fern wie aus einem weiten Grabe schlugen diese Worte an das Ohr des Jünglings.

»Kein – anderes – Wort?« quoll es langsam aus der gepreßten Kehle.

Aber der Kauernde sank noch härter in sich hinein, so daß Jutt empfand, daß er aus diesem Munde nie wieder eine Silbe hören würde.

Er trat zur Seite. Und mit zögernden schweren Schritten ging er hinaus – ein gebrochener Mensch. Und er ging durch den Morgen, wie solch ein gebrochener Mensch durch den Morgen geht. Die Dinge der Erde und ihre Äußerungen sind ihm zuviel. Er spürt nur seinen Schmerz und möchte alles ringsher so voll Schmerz und Verzweiflung sehen. Und er weiß so tief in sein Leid hinabzusteigen, um es mit unerbittlichem Hammer noch wunder und weher zu schlagen. Und es kann auch sein, daß sein Auge dennoch auf eine liebliche Blüte am Wege, einen reizenden Vogel im Buschwerk fällt. Dann wird er sich grimmig abwenden und in eine hämische Lache ausbrechen, während durch sein Hirn eine Kette von Gotteslästerungen tanzt, die erst bei der gräßlichsten Schmähung abreißt und den Schmerztobenden zwingt, es noch einmal mit dem Verstand zu versuchen.

Gerade als Jula das Haus verlassen hatte, wankte Jutt auf den Hof. Sie ließ Kanne und Korb fahren und eilte auf den Geliebten zu.

»Was ist geschehn!?« rief sie laut. »Bist du doch krank von meiner Dummheit geworden!!« Sie bebte am ganzen Leibe und griff den jungen Mann vor die Brust.

Der aber schüttelte leise den Kopf und jammerte gequält hervor: »Der Innige ist verrückt geworden! In dieser Nacht verrückt geworden . . .«

»Was?!« schrie Jula. »Was tut er? Wo ist er?«

Jutt zuckte die Schulter. Und da Jula nicht klar sah, was in dem verstörten Gesicht zu lesen stand – denn es konnte Hohn, Leid, Verzweiflung, Verachtung, Bitterkeit, Entsetzen oder auch alles zusammen sein, ließ sie den Geliebten los und begann nach dem Walde zu laufen. Aber sogleich hatte Jutt sie eingeholt, hielt sie mit starken Armen umfangen.

»Niemals mehr dorthin! Niemals mehr, Jula! Nie! Nie! Ich gehe allein, wenn es sein muß – aber niemals mehr du!!«

»Dann sprich,« sagte das Mädchen streng.

»Das ist ungeheuer, Jula. Ich glaube, ich werde es nicht über die Lippen bringen! Ist denn der Himmel verschlossen und sind alle Höllen geöffnet!?«

Er schlug sich mit der Faust vor die Stirn, daß es dröhnte. Jula ergriff den Gebrochenen beim Arm und führte ihn ganz energisch in das Haus. Im Speisezimmer drückte sie ihn in einen Sessel und herrschte ihn an: »Nun rede endlich! Das bist du mir schuldig! Dein Betragen ist unschön!!«

Jutt hob den Blick. Da war er ja doch in dem Hause bevor es Zeit war! Und aus den wühlenden Gedanken hob er heraus die Geschichte des Innigen, die er in der Nacht gehört, und setzte sie in klaren Linien vor den Geist des Mädchens. Als er geendet, sah er wie Träne auf Träne übers Gesicht der Geliebten lief. Auch er war noch einmal ergriffen und sagte, gleichsam ihr Mitgefühl entschuldigend: »Ja – auch ich habe so bitter weinen gemußt in der Nacht . . .«

Und plötzlich raste er auf, als würde er von Furien gepeitscht.

»Aber heute, heute morgen,« schrie er und fuchtelte mit den Armen in der Luft herum – »da – da sagte er Stutzer und Junge zu mir und befahl – befahl!« – seine Stimme überschlug sich, »Du müssest heute nackt, ganz nackt und allein in die Kapelle zu ihm kommen! Ich soll dich schicken!!«

Jula war aufgesprungen, und starr wie aus Stein sah sie mit großen Augen gegen die Wand.

»Das wird alles nicht sein, Jula,« rief er weiter. »Ich werde dich schützen, Jula. Er ist verrückt geworden! Die Erinnerung hat ihn so gepackt, daß die alte Leidenschaft sich über sein mönchisches Leben stürzte. Ich weiß das ja. Ich weiß das! Er sagte es ja. Er hat es ja selbst gesagt!«

»Was hat er noch gesagt, was du verschweigst?« fragte Jula ernst und vornehm.

»Er sagte, als ich ihn bat, vernünftig zu werden, wenn ich ihn heilen und retten wolle, müsse ich tun, wie er mir anbefohlen. Also ich sollte wohl gehen, meinte er gewiß, dich zu ihm hinzuschicken. Das ist ja nicht auszudenken! Um Gottes willen! Das hab ich ja noch gar nicht einmal richtig durchdacht!« Jutt lief aufgeregt hin und her, stieß die Stühle beiseite, hob sie auf und stellte sie wieder hin.

Da liefen plötzlich wie flinke kleine Mäuse ein paar Worte Jutt ans Herz: »Wenn du mich schickst: ich werde gehen . . .«

Konnte das Jula gesprochen haben? Hatte das Jula gesagt? Was war denn mit ihr geschehen! O Gott! Sie hatte doch nicht, hatte doch womöglich nicht den Innigen – – –. Da brach sie in einem Sessel zusammen!

Aber sogleich erhob sie sich wieder, jung, stark, kühn! Aber mit Augen! O diese Augen, Augen!!

Jutt sah in einen fremden Blick, vor dem ihn schauerte. Und dieser Blick legte sich über das ganze Gesicht. Und es wurde ein neues Gesicht!

Aber Jula nahm ihn bei der Hand und führte ihn in ihr Zimmer. Da zog sie ein Schubfach auf und ließ ihn hineinsehen. Ein Blatt Papier lag darin. Und in der Tante Handschrift stand darauf besonders groß geschrieben: »Teuerstes Vermächtnis! Dem Innigen sollt ihr gehorchen, als ihr gehorchet mir!!! Maria! –«

Diese drei Ausrufzeichen waren eine Drohung, empfand Jutt. Und vor allem das letzte Ausrufzeichen war eine schwere Drohung. Welch ein Mensch denn setzte sonst hinter seinen Namen solch ein Zeichen? Und was wollte Jula damit sagen?

Er sah sie an. Oh, sie behielt den fremden Blick. Es konnte nicht anders sein, sie liebte den Innigen. Und die prachtvolle Tante hatte bestimmt das Mädchen für den Komödianten erzogen. Nach ihrem Tode noch befahl sie Jula als Schlafgenossin für den geilen Greis. Und er, Jutt, sollte hier zusehen und für die beiden arbeiten!

Alles wankte und schwankte um ihn her. Die Wände und die Fenster, die Tische und Stühle waren schief. Und er selbst war schief. Er fühlte sich auf einmal als einen Stock, den er sich übers Knie gelegt hatte und den er zerbrechen sollte. Eiskalt lief es ihm über den Rücken. Nein! Das durfte doch nicht sein. Zerbrechen durfte er nicht! Er wollte bleiben, wer er war, Jutt, der Apotheker.

Und mit raschem Entschluß verließ er das Zimmer, fand den Raum, darin er geschlafen hatte. Er setzte sich den Hut auf, entnahm seinem alten Rock die Tasche mit Geld, warf sich den Rucksack über den Arm und – wäre beinahe entkommen, wenn sich ihm Jula nicht entgegengeworfen hätte, die unter schneidendem Aufweinen mit ihren kleinen Fäustchen gegen seine Brust schlug, immerzu schlug, daß der junge Mann über soviel Mühe Mitleid bekam.

»Das ist Liebe? O du! du!! Du willst mich allein lassen! Du nimmst mich nicht einmal mit! So hast du mich lieb? Das ist dein Beweis!«

Jutt fühlte, wie sehr sie im Recht war und wie sehr er aus Selbstsucht gehandelt hatte. Das war echt goethische Selbstsucht gewesen. Und er wußte nicht, was er vor Scham sagen sollte.

»Ich wollte doch nicht zerbrechen,« stammelte er. »Ich wollte doch bleiben, der ich bin.«

Da ließ ihn Jula los und lächelte schmerzlich. »Ich habe mich dort im Zimmer zerbrochen,« sagte sie leise. »Und nun ist alles klar in mir, ganz klar und ruhig, wie der Spiegel eines Sees. Und eine Seerose schwimmt darauf – mit weitgeöffneten Blütenblättern.«

»Geh,« sagte Jutt, und sein Gesicht verzog sich schmerzlich, »geh! Und gehorche deiner Tante Maria.«

»Ja,« sprach Jula, »ich werde gehorsam sein und dem Innigen gehorchen. Was es auch sei. Aber er hat mir nichts befohlen. Denn er hat nicht zu mir gesagt: Jula komm! Er hat zu dir gesagt, du mögest ihm zur Rettung deine nackte Jula schicken.«

Deine nackte Jula – hatte sie gesagt. Und so voll und warm und selig hatte das geklungen, daß Jutt von großen Schauern der Liebe erfaßt vor der Geliebten ins Knie sank, sie mit beiden Armen umschlang und sein Gesicht heiß in ihren Schoß preßte.

»Und du kommst dann zurück zu mir?« schluchzte er zu ihr hinauf.

»Alles, alles ruht in Gottes Hand, Geliebter.«

»So gehe zum Innigen. Heile und errette ihn. Der Gott will das Opfer!« Jutt hatte es ganz stark, ganz groß und erhoben gesprochen. Und da spürte er, daß in ihm drin etwas mit einem ungeheuren schrillen Klang zerriß. Er drohte umzusinken. Aber Jula stützte ihn. Und alles wurde neu ringsher. Denn er hatte sich zerbrochen.

Und sie gingen, jedes in sein Zimmer, und bereiteten sich auf die große schwere Stunde vor.

Jula wartete. Aber erst am späten Nachmittag war über Jutt die große Kraft und Ruhe gekommen. Er klopfte an ihre Tür und trat zurück als sie öffnete. Er fühlte in seine Augen bei ihrem Anblick eine Kälte fallen. So schön und ergeben feierlich hatte sie noch nie ausgesehen. Sie hatte sich einen Myrthenkranz durch das Haar geflochten und die Enden der beiden Zöpfe, die lose und locker waren, sich unterm Kinn zu einem Knoten verschlungen. Einen Pelz hatte sie übergezogen. Und unter diesem Pelz war sie nackt. Es war ein sehr kostbarer Pelz und von einer Größe, die auf die Vergangenheit Tante Marias schließen ließ. Denn so groß war die Tante nach Jutts Erinnerung nie gewesen. Jula mußte den Mantel raffen, damit er nicht auf der Erde schleppte.

So gingen sie – schweigend – ein wenig bang – aber doch voll gewisser Zuversicht.

Und Jutt erschrak über sich selbst, wie sehr am Äußerlichen er heute verhaftet gewesen war. Wo waren die verflossenen Tage und ihre großen Offenbarungen gewesen? War ihm nicht der Stein der Weisen, das ewige Feuer, der Welt Urton geschenkt worden?! Und weshalb hatte er es nicht verstanden sich ihrer zu bedienen?

Aber er fragte nicht weiter. Er öffnete die Brust und hob sein Herz dem heiligen Rhythmus entgegen. Die Schwingungen nahmen ihn auf, und er wurde Eins mit den Schwingungen. Und auch durch Jula zitterten sie dahin.

Langsam betraten sie die Lichtung. Sie erstaunten. Vor der Kapelle war ein frisches Grab geschaufelt. Faustgroße Steine waren darauf zu zwei übereinanderliegenden Wellen zusammengefügt, dem Zeichen des Wassermanns.

»Geh hinein, Jula! Rasch, geh hinein!« sagte Jutt hastig.

Und Jula ging langsam in das Haus und schloß die Tür hinter sich. Jutt aber trat abseits unter die Eichen mit abgewandtem Gesicht . . .

Jula sah mit großen fragenden Augen auf den Innigen, der sie mit leuchtendem Blick empfing.

»Der Mantel!« rief er leise aus und hob in schmerzlichem Schreck die Hände.

Da ließ Jula mit ergebener Bewegung den Mantel von ihren Schultern sinken und stand hüllenlos.

»Oh – nein, nein!« wehrte der Innige, griff zum Altar, zog die Decke herab und trat auf Jula zu, sie rasch verhüllend. Aber den Mantel hob er auf, atmete seinen Geruch ein, barg sein Gesicht in dem weichen Fell und schütterte am ganzen Körper als ob er weine.

»Hast du sie sehr liebgehabt?« fragte Jula leise.

»Damals hat sie diesen Mantel getragen,« sprach er flüsternd. »Habe Dank, meine Tochter. Und nun geh und erlöse deinen Mann. Sag ihm, daß er ein Sieger sei wie wenige. Und halte ihn wert, denn er ist dir und den Menschen ein großer Liebender.«

Und er küßte das Mädchen auf die Stirn. Und das Mädchen ging hinaus . . .

Als die Glückseligen sich gesammelt hatten, traten sie mit frommen Schritten wieder in die Kapelle. Doch der Innige war nicht darin zu finden. Und auch Mantel, Hut und Stock waren nicht zu sehen. Selbst der Pelzmantel lag nirgends. Aber auf der Schwelle zum Altar sahen sie ein Stück Papier. Darauf standen ein paar Zeilen geschrieben. Sie lasen:

> »Liebe Jula! Dein Mann wird dir erzählen die Geschichte meiner Liebe. Maria war die Frau, die mich erhört hatte. Sie ist deine Mutter – und ich bin dein Vater, was sie mir bis zu ihrem Tode verschwiegen hatte. Du, meine Tochter, überreichtest mir die Kunde.
>
> Du aber, lieber Jutt, bist ein Kind des ersten Geliebten der Maria, der sie mit ihrer Kammerzofe betrog und um derentwillen sie ins Kloster wollte. Deine Eltern starben früh. Du bist ein Waisenkind, aber auch ein Mann und kannst es stolz tragen.
>
> Suchet mich nicht. Ihr werdet mich nicht finden. Aber wenn ihr mich in euren Herzen anruft, werde ich bei euch sein. Und es ist möglich, daß ich einmal komme, um mich eurer Kinder zu freuen.
>
> Denn saget es allen Menschen: der Geistesmensch, der nicht Kinder zeugt, versündigt sich an dem höchsten Adel, welcher im Wachsen ist und der die Menschheit und ihre Mutter Erde erlösen wird aus allen Stricken, Ketten und Gefängnissen. Daran habt teil zu allererst! Sorget nicht, ob ihr sie ernähren könnt. Wenn sich die Menschen von euch wenden, wird euch der Geist der Erde Schirm und Hüter sein. –
>
> Euer Vater.«

Sie hielten einander umschlungen und warteten, daß ihre stürmenden Gefühle langsam zur Ruhe gingen. Dann gewahrte Jula, daß das Kruzifix auf dem Altar fehlte. Sie deutete stumm darauf hin. Jutt verstand.

»Ist denn eine Schaufel hier?« fragte er flüsternd.

Jula nickte, hob den Deckel einer Truhe hoch, darin Besen und Schaufel lag. Sie traten vor die Tür. Aber Jutt trug die Schaufel zurück und schloß die Pforte.

»Weshalb sollen wir graben? Ist es nicht besser, wenn die Darstellung dieser schauerlichen Qual auf der ganzen Erde vergraben würde? Ist es nicht besser auszustreichen dieses Kreuz und dafür das Wort Auferstehung anzuschreiben an alle Wände und Zäune, an alle Türen und Tapeten! Soviel Auferstehung *muß* am Ende überzeugen!«

Und dann gingen sie nach Hause. Der Abend war hereingebrochen. Die ersten Nachtigallen schlugen am Fluß. Feierlich still war die Welt. Zwischen den Zweigen lief das Licht des aufgegangenen Mondes. Sehr fern murmelte es wie ein weites Gewitter. Und als sie den Wald verließen, sahen sie bis zum halben Himmel eine Wetterwand, die im raschen Abziehen begriffen war. Aber der Vollmond hatte einen so starken Glanz, daß er auf dieser Wetterwand einen gewaltigen weißen Regenbogen zeichnete.

Stumm und hingerissen betrachteten die Liebenden das Wunder.

Dann gingen sie ins Haus, in Julas Gemach. Entkleidet knieten sie vor Julas Bett und beteten zum Herrn der Welt, daß er ihnen recht, recht viele Kindchen schicken möge aus den großen Reichen wo die traurigen Englein sind.